在现实生活和幻想之间的大门是敞开的。

每个孩子，年轻和年长的都可以

走进去，去体验……

世界可以在不断地阅读和朗读中被重新发现：

人类、动物、天空和地球，

以及人们所谈及不到的一切……

于尔克·舒比格

Jürg Schubiger

当世界年纪还小的时候

Als die Welt noch jung war

四川出版集团

四川少年儿童出版社

于尔克·舒比格
Jürg Schubiger

于尔克·舒比格，1936年生于瑞士。他在大学学习过日耳曼语言文学、心理学、哲学。他后来从事过多种职业，在法国南部和科西嘉岛当过包装工、伐木工、园艺工人，也曾做过编辑和出版家。他现在定居于苏黎世，职业是心理治疗师，同时也写书。

于尔克·舒比格已出版的代表作品：

《大海在哪里》

《爸爸、妈妈、我和她》

《有一只狗，它的名字叫天空》

罗特劳特·苏珊娜·贝尔纳
Rotraut Susanne Berner

罗特劳特·苏珊娜·贝尔纳，1948年生于斯图加特。她是一位在国际上享有盛誉的，获奖最多的插画家。她曾在慕尼黑专攻平面艺术设计，从1977年开始成为自由插画家，为许多青少年读物和儿童读物绘制插图。

一头大象来了，
我不知道它从哪里来，
也不知道它要到哪里去。

它的名字听起来也很奇怪，
我已经记不得了，
可以肯定的是，
它来了又走了。

还可以肯定的是，
它确实是一头大象，
一头孤单的灰色大象，
来了又走了。

—— 于尔克·舒比格

目录
Contents

代 序

喜欢得没法说
刘绪源

　　这一本书，真是让人从心底里喜欢。那样一种想要分析一番却无从下手，但又能隐约而真切地感受得到的人生体验；那样一种不温不火的稚拙的叙述，让你一边读一边就会笑出来，而实在又讲不出多少笑的理由。我说的是德国的于尔克·舒比格的故事集《当世界年纪还小的时候》，书中配有德国名家贝尔纳的很精美的插图。

　　书是借来的。我看了一篇又一篇，全部看完了，又回过头去看，而重看比初看更有味。一边是爱不释手，一边就到处跑书店，但哪儿也没有。于是想到：好书未必都好卖。或者干脆说：真正的最好的书，往往倒是不畅销的。

　　还是尝鼎一脔，体会一下书的原貌吧。书中最后一个故事很短，全文如下：

　　洋葱、萝卜和西红柿，不相信世界上有南瓜这种东西，它们认为那是一种空想。南瓜不说话，默默地成长着。

　　没了，就这么两句。初看没什么，好在很短，那就再看一遍。

于是看出点味道来了，大概洋葱、萝卜、蕃茄都是个头差不多大吧，相互你看我，我看你，看惯了，看久了，所以不相信还会有更大的东西了。而南瓜更绝，它采取的是"不争论"的办法，这就让人忍俊不禁。不知不觉间，还会去读第三遍，这时才注意文字之上还有插图——那么大的南瓜！沉稳，却又充满动感，仿佛还在长！我的心，就是在这一刻，被作者征服的。

这可以说是儿童文学，但也可以说不是。在瑞士和德国，它获得的都是"最佳青少年文学奖"。它可以读给两三岁的小孩听，但大人也会为它着迷；其实真正能体验其中妙处的，还是有一定人生阅历的大人。我一直认为，能让成人和儿童都喜欢的，才是理想的儿童文学。要做到这一点很难，老实说，安徒生也不是每篇都能做到（其实这位童话作家更照顾到成人那一头）；而本书在这一点上堪称典范。

再随便地读一篇吧。《狮子的吼声》，写一头濒死的狮子大吼

9

一声，吼声飞出去，挂在树上了，一时回不来，等它急急忙忙挣脱回来，狮子已经死了；吼声没地方去了，到处找主人，一个小老鼠毫不可惜地把自己的吱吱声丢掉，要了狮子的吼声；吱吱声没人要了，便在附近山坡上找了一个空的老鼠洞，就在这里住下了；"吱吱声每天都在等待令人惧怕的老鼠吼叫，它每天傍晚都会穿过原野……地面震动，树上长了蛀虫的果子会掉下来。我的狮子！吱吱声小声叫着，然后总是在近乎幸福的赞叹声中入睡。"

　　不知别人怎么看，我在这吱吱声中读出的是一种执着而近于愚的爱，它不分地域地、永恒地存在着，我想这就是母爱。这些故事，就这样在不经意间，密密地蕴蓄着深长隽永的人生的意味，让你在笑的时候，鼻间酸酸的，而心里却暖暖的。

　　　　　　　　　　　　　　　　二零零六年元月于上海

天与地

当世界年纪还小的时候

　　很久很久以前，当世界年纪还小的时候，人类还没有出现。没有人挤牛奶，母鸡也没有人喂养，动物们自由自在地生活着。这样的情景持续了很久很久。突然有一天，第一个人出现了，是一个女人。她四处张望，"所有的东西都不错哦。"她说。她仔细地观察着周围的一切。"这些树不错，"她在一棵山毛榉树下说，"奶牛和母鸡也很不错，奶牛产奶，母鸡生蛋，母鸡的肉也可以吃。"她拉过一张小板凳，靠着奶牛坐下，开始挤牛奶。

　　那张小板凳是从哪里来的呢？

她自己带来的呀。

她有带行李过来吗？

她只带了一张小板凳和很少的一点饲料。

她来的那个地方有小板凳和饲料吗？

除了这个她还能带其他的吗？

那她是从哪里来的呢？

从国外来的。

她是怎么去国外的呢？

她本来就在那里。听好了，我为什么要知道这些呢？
你自己来讲故事好了。

好的。很久很久以前呀，当世界还很小的时候，世界
上的一切也都很小。小星星，小石头，小河流，小人儿，
小鸟儿，小树……

小房子？

嗯，是的。

奶牛呢，也是吗？母鸡呢？

那时还只有小牛和小鸡，世界是那么的小，只比一张
桌子大不了多少。但这样的世界只存在了一个星期。人啊、

动物啊、植物啊都渴死了，小河干了，星星也熄灭了，那些沙粒大小的石头也都消失了。一个美丽而短暂的世界！

然后就是一片沉寂，沉寂了几千年，几千年之后又是几千年，几千年之后还是几千年……

然后慢慢地，新的世界出现了，这次只有云，云上面是天空、云下面是大海，一个云和海浪的世界。

然后呢？

还是云和海浪。

没有其他东西了吗？他们都应该出现了呀：草啊，奶牛啊，人啊，村庄啊……

没有。

为什么呢？

因为没有其他的东西出现呀。

那么故事就这么完了？

没有呀，故事继续发展，只是没有新的东西出现。一直都是这样子的：云和海浪，云和海浪，云和海浪……

那么风呢？

对，还有风。云、海浪和风。

然后就有了你现在坐着的床，还有窗户、花园、你和我？

在这个故事中还没有出现。

那么故事发生在哪里呢？

不知道啊。一望无际，却看不到陆地。

哦，那就是伊甸园了。

对！伊甸园！

当世界年纪还小的时候就叫做伊甸园。人、动物、植物、山、峡谷都出现了。

他们彼此打着招呼。我叫夏娃，您呢？我叫亚当，您呢？我叫狮子，您呢？我叫枣椰树，您呢？我叫水母，您呢？我叫鳟鱼，您呢？……

亚当问夏娃："请问，您知道我们在哪里吗？"

"在伊甸园。"夏娃回答。

"伊甸园？"亚当嘀咕了一声，没有人听到他在嘀咕什么。

他们在宽阔的花园里散步。穿过湿湿的苔藓，踏过软软的沙地，他们边走边和其他的东西打招呼。那是一个美丽的早晨，一切都是那么清新，一切都是那么干净。大象

挥舞着宽阔的耳朵，玫瑰也疯狂地绽放着。

"就我看到的来说，我们是这里唯一的人类了。"夏娃说，"我们结婚吧！"

"结婚？没听说过。"亚当很友好地说。

"结婚就是我们永远在一起，但是首先我们得相爱，一切由恋爱开始。您反对我们恋爱吗？"

"恋爱？没听说过呀！"亚当说。

夏娃拥抱了亚当，还给了他一个长吻。然后她停下来，说："这就是爱。"亚当把他的嘴唇凑了上去，夏娃继续吻着亚当。没多久就到了中午，亚当说："我不反对，不知道怎么的，我觉得爱的滋味很好。"

当他们再次停下来的时候，已经是晚上了。

"我们以'你'来称呼彼此吧。"夏娃建议。

亚当说："好呀，亲爱的夏娃。"

就这样，世界出现了。

故事完了吗？

是的，故事结束在他们还在接吻的时候。

童话故事的结尾都是幸福的，而伊甸园的故事却恰恰相反，是在开始的时候。

好吧，我现在再从头开始讲。

当世界年纪还小的时候，万物都得学会生活。星星汇聚成星座。一些星星先尝试着排成长颈鹿的形状，然后棕榈树状，然后玫瑰状，最后排成了大熊星座。还有一些星星排成了一个小女孩的形状，然后由这个形状变成了处女星座。其他的星星就分别排成了摩羯座、天龙座、金牛座、天鹅座。

石头就简单多了，它们只需要不断地变硬，不断地增重。它们是地球上最早完成的东西。

太阳开始发光，它开始学习上山下山，日升日落。它也试着去做别的事情，但是都没成功。比如学唱歌，它那粗哑的嗓音吓坏了这个新生的敏感的世界。

月亮一直不知道自己该学些什么。学发光吗？在白天它觉得这个主意不好，在晚上它又觉得这个主意不错。它实在无法决定，反反复复，一会儿这样，一会儿那样，所以看起来有时圆有时缺。它学会的就是不停地变化。

水开始学习流动，当它发现它只能朝一个方向流的时候它就学会了：它一直往低处流，往低处流，往低处流……

风开始时是静止的，很安静，就像它不存在一样。后来，不知道怎么的，它发现自己能吹了。

那时候的万物很简单地生活着，但它们都得弄明白这种简单到底是什么。对火来说简单的事情，对于风来说却未必；对鱼来说简单的事情，对鸟来说也未必；对树根来说简单的事情，对树枝也未必。

世界在慢慢地自我发展，万物在自由生长。雨从云里落下，滴落进土地里；人们睁开眼睛，以便能更好地看清这个美好世界。当世界万物都能做自己认为最容易做的事情的时候，这个世界就开始很有秩序了。

这个世界还相当有秩序……

嘘~！不要说话！最好再从头说一遍。

这个故事没有结局，却有很多开头，很多很多开头。

很久很久以前，当世界年纪还小的时候……

小女孩和死神

　　一天，一个小女孩正在做家庭作业。死神来到她的面前，对她说："小女孩，跟我走吧，时间已经到了。"

　　"请等一会儿。"小女孩说，"我得先完成家庭作业。"

　　"好的。"死神说，"家庭作业很重要，你快点做完吧。"

　　死神看上去很疲惫、很苍老，小女孩就把他请进屋，让他坐在她的床上。然后她开始做作业。

　　$5 \times ? = 40$，$5 \times 8 = 40$；

　　$3 \times 6 = ?$，$3 \times 6 = 16$。

　　"错了，错了。"死神说，"应该是18。"

"不是的。"小女孩说。

"18。"死神重复道。

"你怎么得出这个答案的？"小女孩坚持认为自己是对的。

死神就一步一步地给她讲解。

"谢谢！"小女孩说。

她继续做算术题，边做边念。死神仔细地听着，不时地点头。

"6×7等于多少呢？"小女孩问，"我经常忘记6×7等于多少。"

"42。"死神回答。

"对哦。"小女孩说，"那么9×8呢？我们还没有学过9×8。"

死神没有回答，他陷入了沉思。

死神已经很老了，劳累的生活使他忘记了很多学过的东西。

"我也不知道9×8等于多少。"他很坦白地说。

"你应该肯定一点，你的算术很好呀。"小女孩说。

"是的，"死神说，"是最好者中的一个。"

"真遗憾，你忘了 9×8 等于多少了。"

"我很惭愧。"死神说。

"9×8 肯定是唯一一道你不知道的算术题。"小女孩安慰道，"只要你重新想起了 9×8 等于多少，你一定又是算术最好的人了。"

"是的。"死神说。

"那这样吧，"小女孩建议说，"我去问老师，他肯定知道答案。等你明天晚上再来的时候，我就可以告诉你结果了。"

"你很善良。"死神说，"我现在先走了。"

他走到走廊上，大声说："明天你怎么都得跟我走了。"

"唉！"小女孩叹了一口气。

然后呢？

嗯，然后啊，就是——死神在第二天同一时间来了，小女孩告诉了他 $9 \times 8 = 72$。

然后呢？

然后啊，死神笑着说："对了，就是 72！" 小女孩说：

"你现在又是一个算术好的人了。"

然后呢？

然后啊，小女孩说："我们老师又布置了明天的作业，在跟你走之前，我必须做完作业。我还得清洁桌子，如果你能帮我的话，我们很快就能做完。"

死神再一次帮女孩做作业，他们又碰到了死神解决不了的题目。

然后呢？

嗯，然后……

接下来的那天呢？一个月后？一年后？当小女孩长大了，不再是个学生的时候？当死神再老一点的时候呢？

发 明

　　当世界上第一个人出现的时候，他发现这个世界空无一物。他到处转悠，直到他感到累了为止。"这里还是少了点什么。"他想，"一个四条腿的可以让人坐的东西。"然后他就发明了凳子。他坐下来，望着远方。太美了，棒极了。但还是觉得有些缺陷。"一定是少了点什么，"他想，"一个四角形的东西，人们可以把脚伸到它下面，也可以把肘放在它上面。"然后他就发明了桌子。他把脚伸到桌子下，将手支在桌子上，望着远方。棒极了！突然从远处吹来一阵风，风将乌云吹了过来，开始下雨了！"这下可就不好了，"他想，"一定还是少了点什么，一座可以挡风避雨的上面盖有东西的东西。"然后他发明了房子。他把桌子、凳子搬进屋里，坐下，将脚伸到桌子下，将手支在桌子上，望着远方，透过窗户望着外面的雨。棒极了！

透过雨幕他看到一个人正向他的房子走来。"我可以进来吗？"那人说。"请，请。"他说。然后他将他发明的东西全部指给那个人看：用来坐的凳子；为脚和手准备的桌子；有四面墙和屋顶，可以用来挡风避雨的屋子；门是为进出准备的；窗户是为了更好地观察外面。

当另外那个人把所有的发明看完、试完、赞美完之后，第一个人就问："您呢？好邻居，您有什么发明？"

那个人没有说话，他没有勇气说出他就是那些风和雨的发明者。

27

星 星

　　一天晚上，一颗小星星从天上掉了下来，它冲破屋顶，掉进了一家人的屋里，落在土泥地上。住在房子里的女人顺着隆隆声找到了那颗星星，把它放进了她的围裙里。

　　"发生了什么事情？"男人问。

　　"拣到一颗小星星。"女人说，"反正我们也没有孩子，就让它和我们住在一起吧"。

　　她给了小星星一些吃的、喝的，然后将它抱到小床上，并给它盖上被子。小星星很满意，它笑了。

　　男人却不满意。"我们怎么处理这颗星星呢？它没有眼睛，它看不到任何东西。"

"它会笑。"女人回答。

"它没有脚，不能到处走动。"男人说。

"它可以滚呀。"女人说。

她说对了。当星星不睡觉、喝水、吃饭的时候，它就在家里滚来滚去。

"比较而言，我更喜欢狗。"男人说，"狗起码有眼睛。"

"狗不会笑。"女人说。

"狗起码有脚呀，有四只呢，两只前脚、两只后脚。"

"狗不会打滚。"

29

男人和女人一天到晚地争吵。星星也在不断地长大，它需要一张新的床了。后来它又到了上学的年龄了。老师讲过的东西它都能记住，但是它还是不会说话。所有的人都认为它很笨。

"一颗一句话都不会说的星星。"男人说。

"它会唱歌。"女人说。

事实上，星星开始唱歌了。

"它唱错了。"男人说。

"唱得很好。"女人说。

后来星星长大了，它爱上了邻村的一个漂亮的、胖胖的女孩。为了能和她在一起，在一天晚上它带着她离开了家乡，后来就再也没有回来。

它从此没有回来过，又或是很久没有再回来？

有人说，多年之后它也曾回来过。它非常憔悴、黯然，除了那个女人，没有人认出它。

另有人则肯定地说，它仅仅寄回过一张卡片，卡片上可以看到星光灿烂的夜空。

女孩和天使

　　一个小女孩认识一个天使，一个很平凡的天使。他有着金色的头发，长着一对翅膀，其中一边的翅膀很漂亮，而另一边的翅膀却有些凌乱和残缺。但他仍然可以灵巧地在世界各地飞来飞去。当女孩和她的家人搬到希腊的克里特岛去的时候，天使也跟着飞去了，他只比飞机慢了几分钟，也降落在赫拉克里恩机场。他可以这样的飞到世界任何一个角落，但是天堂对于他来说却太远了。

　　很多年以前，女孩还小还不懂事，她直接朝开过来的汽车走去。在这紧要关头，天使将小女孩从马路中间拉了回来,他弄伤了小女孩的一只胳膊却救了她的命。从那以后,天使就成了小女孩家人的朋友。他通常星期五去小女孩家,天使吃素,而小女孩家在每个星期五都会烤水果蛋糕。

有一天,小女孩的奶奶快死了,他们带着天使去看望她。他们希望天使能向奶奶描述一下天堂的情景。天使只是一言不发地坐在床沿上。"天堂和我们想象的不一样。"天使最后说。

"有什么不同呢?"小女孩问。

天使看起来也很迷惑。

奶奶说:"天堂没有地板。"

"对,没有地板。"天使重复着奶奶的话,"天堂里的人好像是用耳朵在看,用鼻子在听。"

奶奶一直在点头,她的手平放在被子上。

小女孩痛苦地闭上眼睛,她的鼻翼抽动着。

整个房间顿时安静了下来。

就在这个时候,奶奶停止了呼吸,小女孩哭了,妈妈也哭了。

天使的眼睛里也闪动着彩虹般的泪光。

如果人们问天使问题,总会把他吓一跳,他总是在沉思。

　　小女孩因此把许多问题都藏在了心里。比如，她不敢问，小天使是不是从蛋里孵出来的（因为她的一个朋友就是这么告诉她的）？她也不敢问，有没有会下蛋的天使？如果有，他们把蛋下在哪里，是不是下在云里？

　　有时候，天使会和自己说一些与上帝、圣徒有关的故事，他有一次和自己说了很多，但他绝对不会说《圣经》上没有提到过的故事。

日子一年又一年地过去了，小女孩长成大人了，她的爸爸妈妈变老了，只有天使依然年轻。

原本小女孩想嫁给天使："你愿意娶我吗？"

天使不知道该怎么办，他需要时间考虑。

"吻我！"小女孩说。

天使吻了她。

"我觉得我就像是被风吹到了大海，再来一次吧。"小女孩喘息着说。天使像潜水之前那样深吸了一口气。

天使没有像小女孩那样兴奋，他有一点悲伤，呆呆地望着云端。

后来，小女孩选择了另外一个人，那是一个喜欢整天接吻的学生。不管他们是不是整天接吻，时光使他们慢慢地变老了。他们有了孩子。现在，天使看起来就像小女孩的弟弟，或者就像小女孩的孩子们的哥哥。

当天使不开心的时候，孩子们就安慰他："你可以做我们的守护天使呀！"于是他们爬上桥栏杆，让自己从上面掉下来，这样天使就可以救他们；晚上，他们故意在森林里迷路，天使就能领他们回家。

　　现在，孩子们也长大了。小女孩和学生已是满头白发，小女孩的爸爸妈妈也已经很老很老了。只有天使还像从前一样年轻，一头的金发，喜欢吃水果蛋糕，天堂对他来说还是太遥远。

东 西

展示品

　　在斯图加特的一个公园里，人们看见一个男人用盒子装着一只土拨鼠。他把盒子打开，将土拨鼠放到草地上，然后将帽子放在旁边。土拨鼠吃草，他在一边收钱。人们走过来看土拨鼠吃草。"这只土拨鼠也许可以从石头上跳过去，也许还会走钢丝。"他们想着，然后将钱币丢到帽子里。可是土拨鼠只是一个劲地跑来跑去地吃草。

　　"你的土拨鼠到底会做什么呢？"人们问。

　　男人回答："它能在草地上跑来跑去，不停地吃草啊！"

　　人们看着土拨鼠吃草，有人继续将钱币丢进帽子里。

一个农夫看到这种情形，赶紧回家把他的奶牛从牛棚里牵到公园里，让奶牛也在土拨鼠旁边吃草，然后将自己的帽子放在草地上。人们走向他，也把钱币丢进农夫的帽子里。

"这头奶牛也许可以用两条腿走路。"人们想。

可是奶牛就那么一直站着吃草，人们问农夫："你的奶牛还会干什么呢？"

农夫说："它可以一直站在那儿吃草，就像你们所看到的那样。"

人们又看了奶牛一眼，互相说："一头只会一直站着吃草的奶牛，也是挺有意思的。"

不久又来了一个骑士，他把自己的马展示给人家看。不一会儿又来了一个骑摩托的人，他把摩托车停在草地上。有人把他的床也带去了公园，也有人带去了小刀，甚至有人带去了整套沙发。在这些展示品的旁边各摆着一顶帽子。当然，人们不给钱也能看这些展示品。到处有人问，这些东西能干吗呢？他们一边问，一边掏钱，等待着回答。"这是一匹吃草的马。"骑士回答。其他人也陆续回答："这是一辆停在草地上的摩托车。""这是一张放在草地上的床。"

"这是一把放在报纸上的小刀。""这是一套沙发。"……

那个把沙发椅搬来的人说:"你们随便坐吧。"人们坐了下来,相互说着话:"简简单单的一套沙发也是挺有意思的。"

三把椅子

　　从前有一个人，他有三个儿子。大儿子很机灵，二儿子很普通，小儿子很憨厚。

　　一天，父亲将三个儿子叫到跟前，对他们说："我养育了你们这么久，现在你们该出去闯闯世界了，你们回来的时候给我带一件礼物。谁带回来的礼物最令我满意，我就把房子和院子给他。"

　　大儿子往行囊里装了一些吃的穿的就上路了。二儿子也出发了。只有小儿子还坐着不动，他很喜欢待在父亲身边，他害怕面对外面陌生的世界。但是几天后他也不得不走了。

三年之后，大儿子回来了。他去了很多地方，到过米兰甚至更远的地方。二儿子也回来了，他去了奥斯陆甚至更远的地方。

　　"你们给我带什么礼物了？"父亲问。

　　大儿子带回来一把很特别的椅子。谁要坐在这把椅子上都会被弹到天花板，或被弹出窗外。二儿子也带回一把特别的椅子，谁要坐上去就会被牢牢粘住。

　　父亲很满意这两件礼物。"两把椅子我都喜欢。"他说，"你们可以平分我的土地，一起住在我的房子里。"

　　不久，小儿子也回来了，他只去了邻村，在那里他学会了做木匠活。

　　"你给我带什么了？"父亲问。

　　"我给你做了一把椅子。"小儿子说。他把一把很普通的椅子搬到父亲面前。

　　"这是什么？"父亲问。

　　"当你想坐的时候就可以坐下来。"小儿子回答。

　　父亲大笑："你花了三年时间就只做了这个？"

　　"是的。"小儿子回答。

　　于是老大和老二住在了父亲的房子里。后来，他们结

了婚，有了孩子。小儿子又回到了隔壁村子，因为他爱上了木匠的女儿。父亲从大房子里搬了出来，自己住到了另一间屋子。

父亲认识很多人，常常有人来拜访他。如果他不喜欢来的人，他就把窗户打开，让他们坐大儿子的那把椅子。客人一坐上椅子，马上就被弹到大街上；他喜欢的客人，他希望他们能多待一会儿，就请他们坐二儿子的椅子。最后客人只能任裤子、裙子粘在椅子上，仅穿着内衣裤逃离。慢慢地就没有人再来探望他了。

这时候，大儿子和二儿子闹翻了，还欠了一屁股债。父亲也变得越来越穷，只剩下小儿子给他的那把椅子，他独自坐在这把椅子上。在一个冬天的夜晚，他冷极了，他烧掉了其他的两把椅子。椅子燃烧时响起一串串噼里啪啦的声音，还发出一阵阵恶臭，但屋子里还是一样的冷。

故事后来怎么样了，你们可能都猜到了。小儿子娶了木匠的女儿，接手了木匠坊。两个哥哥需要钱还债，就把父亲的房子和家产都卖给了小儿子。小儿子和家人搬进了那所房子，然后把父亲接了回来。父亲现在很疼爱小儿子，而且很珍惜那把普通的椅子。

　　你们也可能在法国听到过这个故事。在那个用法语讲述的故事里，你们听到的是一个父亲和四个儿子、四把椅子的故事。

厚大衣

芬兰的拉普兰是个很冷的地方，住在那儿的人都穿着很厚的衣服。有一天，一个拉普兰人缝制了一件世界上最厚的衣服。衣服看起来像大衣，但是它有一栋房子那么大，衣服上的口袋就像一个个房间，人们可以把好几个星期的食物放在口袋里。在衣襟前面还有一个可以从里面加热的火炉。

一天，穿着这件衣服的拉普兰人遇到了一个年轻漂亮的拉普兰女人。他对她一见钟情，就把她拉进了他的大衣里。这个女人也爱上了这个男人，她和他生了两个女儿。现在这一家人就生活在这件大衣里。人们还可以看到猫啊狗啊的在大衣边缘居住，它们还在大衣里边跑来跑去。在这个温暖的家里，再冷的冬天都不会让人觉得寒冷。

汽 车

　　一家人和一辆汽车住在一起。家里有妈妈、爸爸、一个小女孩和一个小男孩。车是白色的，可以载四个人。没有人用车的时候，车就停在父母的卧室里，停在床边。

　　它很粘人，只要超过两个小时没人理它，它就感到寂寞难耐，喇叭开始叫。这时就得有人坐进车里给它讲故事。故事里一定要有白色轿车、白色摩托车、白色自行车、白色火车，还要有狭窄的小巷、宽广的林荫大道、通关的山口、高速公路、地下通道、桥梁、交通信号灯。当然，加油站也一定不能少。但是，绝对不能提到船，汽车很讨厌船。它牢牢地记住自己对船的厌恶，这种厌恶已经深深地印在了它的脑袋里。只要它一听到"船"这个字，它的雨刷就会死劲地摆动。它会发出"你们杀了我吧"的叫声。这时要让它安静下来就很难了。人们安慰它，但这种安慰是多余的，有时候反而使事情恶化。当雨刷慢慢地停下来，它开始闪车灯。闪车灯表示"我没事了"，同时也表示它想去兜风了。它叫道："所有的人都上来，快点，开车了。我们去郊外、去海边、去野外、去电影院、去墓地或者去最近的加油站。"没有人知道它到底去哪儿，只有去了才知道。

比如，有一次他们就这样到了矿坑，雨点拍打着白色的车身，他们一言不发地坐在车里，吃着生香肠。他们本来计划去烧烤的，但是柴太湿了根本点不着火。还有一次他们停在了一个偏僻的停车场，风从打开的车门往里灌。妈妈在地图上找所在地的位置，爸爸在大声地说着村庄、山脉、河流的名字，孩子们在争抢一本漫画。

每一次出行都是一次惊奇。有时候他们根本不需要惊奇，他们只要去看牙医。这时，他们只有踩单车或者坐公车。有时，他们宁可待在家里，小女孩越来越喜欢这样。当妈妈、爸爸、哥哥坐在车上，透过车窗看着女孩，示意她上车的时候，她却哭着站在大床上。

总之，他们过着美好且又困难重重的生活。孩子们经常迟到，甚至有时根本就到不了学校。爸妈也没办法去上班。

有一天早上，当车灯开始闪的时候，小女孩说："我受够了，受够了这辆车。我宁可要一只猫。"

晴天霹雳！汽车像疯了一样摆动着它的雨刷。没有人知道它的铁皮脑袋里想的是什么。当雨刷终于停止了摆动，这家人像在照片里一样，一动不动地站在那里。这时引擎呻吟了一下，不过喇叭没有响，车灯没有闪，雨刷也没有动。那辆白色的、小巧的、供四人乘坐的小车，就这样开走了。妈妈、爸爸、女孩、男孩心惊胆战地看着它离开，他们先是大哭，然后又大笑。他们就这样哭和笑交替着。

从这天开始，这家人的生活就变得容易多了。孩子们每天去上学，大人们每天去上班。那只像雪一样白、一样柔软的猫躺在爸妈的大床上。它也像汽车一样顽固，但是它更适合一个家庭。

苹果树

　　有这么一个地方，那儿长着一棵苹果树，树上结出的苹果比成年人的头还大。苹果不分白天黑夜地落下，震动着大地，没有人敢待在树下。

　　有一次，市政府计划在苹果树下盖一栋房子。政府给一家建筑公司下达了任务：砍掉苹果树。建筑公司派了一辆铲车过去，第一天，落下的苹果就砸死了工人。这下子没有人敢接这个危险的任务了。人们只得让苹果树继续留在那儿，而且在它的周围造了一座房子。只有那些在别的地方过不下去的人才会到这里居住。这里的地板一天到晚不停颤动，窗户也哐当哐当地响个不停。秋天，苹果花还招来了很多大黄蜂，鸟儿也从四面八方飞来吃苹果。它们的叫声、翅膀扇动的声音都很恐怖。住在屋子里的人只能搬到大街上去睡。树还是一天一天地长大，不久就高过了屋顶。住在附近的人不得不搬走了。

现在，整座城市空荡荡的，一大片乌云笼罩在城市上空。那棵苹果树，依然矗立在城市的中央，还在不停地生长。

巨大的面包

　　在一座城市住着一位面包师，他是那座城里唯一的面包师。他有一个巨大的烤炉，有厨房那么大。

　　一天晚上，面包师把他所有的材料都拿了出来：他从储藏室里搬出很多袋面粉，又搬来水、盐、发酵粉。他把面团放进一个可以容纳二十个人的盆子里，然后自己爬进去，面团没到了他的肩头。面包师用脚和手一起揉面团，他还撒了一些面粉在面团上，然后将面团揉卷成一大块。就这样，一个长圆形的大面包形成了，它继续发酵膨胀，越来越大。面包师用手推车运来了很多木材，他用木材围着面包造了一堵围墙，然后点燃木材。那火烧得很旺，连睡在隔壁房间的邻居们都开始流汗。第二天早上，火熄了，面包也烤好了。他用绳子捆住面包，再将绳子套在马上。他骑上马，把面包拖在后面，穿过厨房门，从正门跑了出去。

他在一个广场上停了下来，叫来那些饥饿的人，他说："我给你们烤了一个面包，你们尽情地吃吧！"饥饿的人们开始吃，每个人都吃得很饱，孩子们在面包上爬来爬去。面包看起来几乎和原来一样大。面包师就又骑上马，拖着面包到了孤儿院。他说："孩子们，我给你们烤了一个大面包。"孤儿们放开了吃，吃到不能吃为止。尽管院长也吃了，而且还留下了一大块准备以后再吃，那面包还是不见小。面包师再次骑马来到了监狱，他叫上所有的犯人："你们想吃多少就吃多少！"犯人和警卫也放开了吃。他们还撕下一大块，但是面包看起来还是没有变小。

傍晚的时候，面包师回到了广场，那里的每个人都吃得很饱了，他们站在面包周围聊天。这时面包师让他的马也吃面包。

天黑了下来，广场上来了一位金发美女："拜托，给我吃点面包，我饿了。"那女人实在太漂亮了，面包师忍不住抱了她、亲吻了她。他给她吃面包，然后他们两个脱下衣服。他们在面包比较软的地方挖了一个洞，钻进洞里。他们在里头说着笑着，最后一起睡觉。当第二天天亮的时候，他们两个人都觉得很饿，饿得把整个面包都吃完了。

你把一块面包咀嚼久一点，面包会有甜味。你把一个单词多说几遍，那样会变得很奇怪。比如"面包"这个词吧，简单地说就是"面包"。但是"面包……"就变得什么都不是，或者变成了其他的意思。当一个词听起来非常奇怪的时候，你最好深吸一口气，暂时不动，等到"面包"又变回"面包"。

阿拉斯加的金矿

　　我们有时候从报纸上看到，在阿拉斯加挖金矿的报道。报道里总是说，挖金矿是一项很辛苦的活，根本不能让人致富。报道中常常会附有照片，照片中的工人衣衫褴褛，穿着长筒靴站在水里，到了晚上他们就会变得很绝望，只能不断地往喉咙里灌劣质酒。

　　请一定不要相信报纸上说的话！

　　在阿拉斯加真的有金山，我们从外面看根本就看不出来。只要稍微挖掉山的外壳，你就会看见到处都是闪着光的黄金。每一锄头挖下去，都会看到大块大块的金子。在报纸上出现的人都是经过化装的，目的是让我们失望，他们不想我们跑过去挖金矿。当记者们去到阿拉斯加，这些人就会故意抓起筛子，装出很吃力的样子在河边淘沙。在人前他们自己卷烟抽，其实他们的口袋里却装着最名贵的雪茄。

这些骗人的家伙！

书

　　从前，有这样一本书，书中记载了所有重要的东西。有个人每天都在读那本书。"当我把这本书读完，"他想，"我就学会了所有的事情。"但是他读得太过匆忙，常常忘了刚刚读过的内容，于是他只得一而再、再而三地从头读起。就这样，他患了睡眠不足症以及消化不良症。当然在那本书里也有提到生老病死，但是，当那个人80岁身患肺炎，濒临死亡的时候，他已经什么都不记得了。他就这样死去：嘴巴张着、两手交叉放在书上。

　　那个人没有孩子——在他的一生中没有尝试过要孩子，

也没有过爱情。他的外甥女继承了那本书。外甥女在他生病期间一直照顾他，她看到舅舅是多么孜孜不倦地读书，而又是那么的不幸！她想一本给人带来如此不幸的书是不适合她的，于是，她把书放在了一边。但是她还是没有办法忘掉那本书。那本书让她感到害怕。她把书藏进箱子，箱子让她感到害怕。她将箱子藏到阁楼上，阁楼又让她不得安宁。最后整座房子都令她感到不安，她只好逃到国外。

她的儿子是一个能干的养兔专家，在整理阁楼的时候发现了那本书。他把书放在房间里的电视上，很久都没有碰它。在某一个晚上他打开那本书，翻到养兔子的章节。等他看完那本书，他说："这讲的是什么呀，我老早就知道了。"他将书从窗户扔到漆黑的外面。

第二天，一个邮差在街上拣到了那本书。他把书带回家，放在书架上，后来就忘了那本书。有一次，他的小孩坐在玩具堆中哭，为了让孩子安静，他把那本书拿给小孩玩。小孩撕扯着书，用刚刚长出来的几颗牙咬那书皮。要不是小孩的阿姨及时发现，把书拿走，恐怕小孩早把书啃完了。没有了书小孩又开始哭起来。小孩的阿姨自己拿起那本书，开始看起来，她看得很慢，这样才够她念久一点。她一个

字一个字地念，拖长声调，慢慢地咀嚼。这样一来，词不成词，句子也不成句子了。

几年之后，她终于看完了那本书，她的脑袋里整天回响着嗡嗡的声音。在一个公共汽车站，她把那本书送给了一个瘦瘦的女孩。女孩的弟弟翻开那本书，开始看。他还没有看完10页就有人叫他去吃饭了。他把书带到了饭桌上，食指夹在书页中间。饭后他没有再看书，有别的事情妨碍了他。他先是看电视，然后累了就睡觉，再就是起床、吃早餐、工作、吃午餐。从那天起，人们看到他每天都带着那本书，无论他去哪里都带着那本书。他的食指夹在书页中间。不管他干什么都很急躁、很焦虑，因为他只有一只手是空着的。

后来，他认识了一个女孩，并且和她结了婚。他带着这本书睡觉，当他睡着了以后，他的妻子从他手上取下书，自己读了起来。他一直都没有发现这件事，因为当他醒来的时候，他的食指还是夹在书页中间。女人读完了那本书，之后离开了他，再也没有回来。

那人就一个人生活着，直到心脏停止跳动。一个邻居在一片狼藉中发现他。邻居关掉煤气、扶起椅子、把餐具从地板上拣起来。他发现了那本书，开始读了起来。他越看越入迷，以至于蜡烛点着了帘布他都没有发觉。不久，整座房子都开始燃烧起来，这时候他正在看《火》这一章节，他知道了所有关于火的知识。直到火点着了那本书，他才停下来。最后，他被浓烟呛死了。

那本书就这样被烧掉了，只剩下关于那本书的故事还在流传——一本被火烧毁的书的故事。至于在浴缸中、在湖中、在大海中被水淹死的书的故事，我还没有听说过。

流浪的城市

　　有一座城市叫做阿拉瓦德，它座落在蔚蓝的海边。突然有一天，它不留痕迹地消失了。最早发现这件事的是个男人，他正要去城里探望他年老的母亲。他登上山丘，山丘上原本有座塔楼。塔楼不见了，烟囱也不见了，整个阿拉瓦德消失得无影无踪。海边，原本阿拉瓦德所在的地方空荡荡的，只剩下一条条空街道纵横交错。

　　"阿拉瓦德消失了，没有留下任何痕迹，也没有看到任何这方面的报道。"男人想，"它一定是趁着黑夜和浓雾走的。"

那人决定去找寻这座城市。他四处走，到处问："你看到了阿拉瓦德了吗？"没有人碰到过这座城市。"阿拉瓦德！"他扯破喉咙大叫。即使是在容不下一座村庄的峡谷里，人们也可以听到他的叫声。

"也许阿拉瓦德在离开的时候没有留意边界线，它是已经到了国外。"那人想。于是他去了不同的国家寻找。

十年后的一天，他突然看到一座在他的地图上没有标注的村庄。他以为自己迷路了，所以向一个正在赶家畜的年轻人问路："这条路是通向卡沙罗沙的吗？"

"也许是吧。"年轻人回答道。

"你不是这里的人吗？"

"不是的。"年轻人回答道，"这里经常变换地方。"

那人想这个年轻人一定是大脑有点问题。不过他还是像以往那样问了他的问题："有没有一座城市从这里经过呢？"

"一座城市？它叫什么名字呢？"

"阿拉瓦德。"

"我不知道这个城市。它是什么样子的？"

"在这座城市里有工厂、教堂、医院、学校、酒吧、商店、桥梁、停车场。"

"这里经常漂过一座座城市。"年轻人说,"也漂过一座座村庄。有时候还有单独的房子漂过。如果我要记住所有的名字和所有的塔楼、桥梁,我会被忙死的。"

"有城市经常从这里经过?"那人问,"那么它们去了哪里呢?"

"这儿、那儿,谁知道。"年轻人说,"去它们要去的地方。就拿这座村庄来说吧,它到这里已经一个月了,我们不知道它是否会继续待在这儿,还是会永远留在这儿。或许,它只是在这里歇歇脚,然后继续远行。我们得跟着村子过日子,它去哪儿我们就去哪儿。有时候我们还没有适应,就又得收拾房子、畜舍、谷仓上路了。听说有一些一直在漂流的城市,它们没有停下来过。那里的居民基本上都是锅炉工和说书人。"

就在这个时候,远处传来咕隆隆的响声。"我们的村子要走了。"年轻人说,他拴好最后一头牛。"您现在走吧,如果您还想找到您的路的话。"

那人照着年轻人说的做了。他刚离开那座村庄,村庄就带着它的所有居民上路了。

天慢慢黑了下来,那个人坐在路边想着他的城市:"它

也许迷路了，找不到地方停下来。"

突然他听到背后传来一阵喇叭声、铃声、笑声，他转过头去，看见他的城市出现在眼前。工厂、教堂、医院、学校、酒吧、商店、桥梁、停车场。

它看起来和从前没什么区别，只是多了一些长途旅行的沧桑。在城市的另一面，太阳正要下山。

"阿拉瓦德！"他轻声说。

"原来你在这里！"城市说，"正好，你母亲要死了，快来！她正在等着你呢。"

在我们这儿城市不会消失，只有猫会跑掉，金丝雀会飞掉，金鱼会游走。它们都去了哪里呢？

动 物

邀 请

　　盛夏，花园里。一群昆虫在梨树下飞来飞去，还快乐地唱着歌，我也跟着哼。我用一支木棍为锦葵支起支架，拔去杂草。我整理着花园，偶尔也停下来休息。

　　这时，一只蜜蜂飞过来冲我说："今天是我们女王新婚大喜之日，我们想找一位主婚人，我们选中了你。"

　　我拍拍手上的土屑，说："谢谢，我该穿什么去呢？"

　　"翅膀。"蜜蜂说。

大象的故事

　　一头大象来了，我不知道它从哪里来，也不知道它要到哪里去。它的名字听起来也很奇怪，我已经记不得了，可以肯定的是，它来了又走了。还可以肯定的是，它确实是一头大象，一头孤单的灰色大象，来了又走了。关于大象的故事，好像最重要的是它的内心。我知道在大象的内心深处，有着外人无法知晓的沉重和阴霾。所以即使我知道，我也无法描述。

狮子的吼声

　　一只生了重病的狮子大吼一声，它的吼声传向远方。在远方的尽头长着一棵荆棘，吼声缠挂在了荆棘上。吼声当然想要挣脱，它越用力就缠得越紧。经过几小时、几天、几星期之后，它终于挣脱了。它马上跑回狮子身边，狮子已经死了。在太阳的烘烤下，尸体已经腐烂发臭。鸟儿们单脚停在它的肋骨上，虫子在它的耳朵里筑巢。

　　这里必须说明一下，吼声不是第一次迟到了。在狮子没死之前，它就迟到过。通常狮子没办法骂它，因为这个时候它还没有声音，它必须先收回吼声。

没有了狮子，吼声怎么办呢？长此下去，肯定不行。它希望有个落脚的家。没有狮子愿意换新的声音，声音总是自己的好。要是羚羊和麋鹿肯换的话，对它们肯定有好处。但是，每次它们一听到狮子的吼声，就吓跑了，根本听不到吼声的请求。

吼声开始绝望。突然，一只小老鼠出现了。它从很远的地方听到了吼声的请求，它对换声音很感兴趣。"过来吧，狮子的吼声。"它吱吱地叫着，"我可以在喉咙里给你提供一个位置。"

"去你那儿？"吼声吼道。

老鼠二话不说赶跑了自己的声音，接纳了狮子的声音。对吼声来说，这一切来得太快了，但它总归没有拒绝。"地方虽小了点，但总比孤单好。"吼声想。

吱吱声在外边问："那么我呢？我该怎么办？"

老鼠吼道："你离我耳朵远点，你弄得我耳朵好痒。"

吱吱声没有了老鼠该怎么办？在故事结束之前还是得说明一下。吱吱声离开了老鼠，它得找一个新地方。在邻近的山坡上，它找到了一个空老鼠洞。它在那里住了下来。每天晚上它都在等待恐怖的狮子吼声，吼声穿过原野传到这里。每当吼声经过，大地都会颤动，那些长了蛀虫的水果就会落下来。

　　"我的狮子！"吱吱声小声地说。然后它总是在近乎幸福的赞叹声中入睡。

　　我听过一个同样的关于狮子的故事：一只生病的母狮子大吼。至于老鼠是公的还是母的我就不记得了。

巴格达的骆驼

一只骆驼在巴格达市区迷路了。它向警察问路："对不起，您可以告诉我哪条路是通向火车站的吗？"

"您要出远门吗？"警察从衣领中探出头问。

"不是的。"骆驼说，"我要去火车站餐馆，每个星期五那儿都会供应新鲜干草。"

"可是今天是星期六呀。"警察充满了疑惑。

"这样更好，今天我就不用再吃干草了。"骆驼说。

警察告诉骆驼："第二条街道右转，走到广场后，你会看见一家烟草店，从它的左边直走过去就到了。"

"谢谢！"骆驼说，它走了几步又折了回来，"对不起，左边是哪边？我一直都知道右边是哪边，但是左边……"

"左边就是不是右边的那边。"警察用他的右手指着左臂说。

"这么简单呀！"骆驼叫道，"只要我知道了右边是哪边就够了。"

"对！"警察回答。

骆驼继续往前走，尽管它现在知道了怎么才能去到火车站，但它最终还是没能找到。它误入了另一家餐馆。但是这也没有关系，因为这家餐馆每个星期六都会供应新鲜干草。

为什么骆驼的眼神总是那么疲惫

从前，骆驼是很好奇的动物，它总是睁大着眼睛。那时，它住的地方有草、有苹果树。一天，骆驼离开了它住的地方，开始流浪。很久之后的某一天，它到了沙漠边缘。骆驼很惊讶：除了沙就没有别的了？它想："这后面一定有其他的东西！"它走向第一座沙丘，然后绕过它继续前行。

那后面除了另一座沙丘，什么也没有。骆驼继续走。"这后面一定有别的东西。"它想。那后面又是除了另一座沙丘，什么也没有。就这样，骆驼走过了数十、数百、数千座沙丘，它往沙漠腹地走去。"那后面一定有别的东西，一定有别的东西，一定有……"

骆驼继续前进，它又渴又累，眼皮也越来越重。当走过最后一座沙丘时，骆驼已经失去了最后的勇气。"那后面一定什么都没有。"它想。但在最后这座沙丘后面有树木，树荫下还有泉水。骆驼走向泉水，开始狂饮。"什么也没有。"它想。骆驼喝着水，它的眼睛差不多快闭起来了。它还是想："那后面什么也没有，什么也没有。"

从那天起，骆驼就有了疲惫的眼神。

为什么？为什么？数不清的问题，在《为什么》的故事里找不到答案。

为什么世界上有那么多的麻雀，那么少的独角兽？

为什么影子一见到光就躲？

为什么人看不见空气？

为什么流星总是降落在山的背后？

为什么植物不会说话？

为什么雪花不结果？

为什么没有三只脚的动物？

为什么会有倒霉蛋和幸运儿？

为什么我们醒来后见不到梦中的东西？

一、二、三、四

　　有一种鸟会数数。它们不去数如鸟巢、羽毛、虫子、树木之类的东西。它们只是简单地数数字：一、二、三、四、五、六、七、八，最多能数到三四十。有些鸟还可以从三四十倒着数回来。

　　有一天，一个男人在野外行走的时候听到鸟数数，他惊住了！因为他喜欢平常的事物，害怕不寻常的东西。他赶紧跑回村子，大喊："我听到鸟儿数数啦，它们甚至没有数错！"邻居们都不相信他，他让他们和他一起去听，他们都没有去。

　　这个人懊恼地问自己："为什么偏偏自己会碰上这样的事情呢？"从此以后，他只好把这件事埋在心里。

　　世界上真的存在会数数的鸟。

一个大鸡蛋

　　一只母鸡在太阳底下下了一个蛋，这个蛋足有母鸡那么大。一只小鸡开始在蛋里慢慢长大，当它想破壳而出的时候，它开始啄蛋壳。哆、哆、哆。但是蛋壳很厚。小鸡慢慢长大了，它越啄越用力。哆、哆、哆、哆。一天早上——蛋壳里依然是黑夜——一个阴暗的早晨，哆，小鸡放弃了啄蛋壳。它现在长得和蛋差不多大了，自己也开始下蛋。小鸡又吃下自己下的蛋，因为蛋壳里的位置实在太小了，而且这只小鸡也需要吃东西。就这样，这只小鸡活了一年又一年，它和别的母鸡一样，会咯咯叫，也会用爪子扒东西。

如果那时有人把蛋锯开，或者用锤子敲开蛋壳，他们一定会看到一只长大了的瞎眼鸡，站在破碎的蛋壳里。现在一切都太晚了，那只鸡已经死了。那个蛋还是一直躺在太阳底下，就像蛋里面什么都没有发生过一样。

如果有人不喜欢这个结局，可以自己想一个新的。比如：

农夫的老婆不小心用耙碰到了这个蛋，蛋壳破了，鸡走了出来，站在太阳底下。它是一只温驯的灰色的鸡。农夫太太把它带回厨房，给它吃荷包蛋或者炒蛋。晚上，她还给它讲故事，一个母鸡的故事：一只母鸡在太阳底下下了一个蛋；蛋的上面是金黄色的太阳；金黄色的太阳上面是蓝蓝的天空；蓝蓝的天空上面是……

蓝色猎鹰

　　一个女孩经过一个花园，花园里有个张开双脚弯腰站着的女人。女孩问："您有没有看到我的蓝色猎鹰？"

　　"没有。"女人回答。

　　女孩继续往前走。她看到一个男人躺在汽车底下，两条腿露在外面。

　　"您有没有看到我的蓝色猎鹰？"女孩问。

　　"蓝色的什么？"

　　"蓝色的猎鹰。"

　　"有这种东西吗？"男人问。

女孩继续往前走，逢人就问，但是没有人知道她的猎鹰在哪里。

当她再一次问的时候，已经是晚上了："您看见我的蓝色猎鹰吗？"被问的是个外国女人。"我不是这里的人。"她用很蹩脚的德语回答。她指着公共汽车站说："你看，那儿！"

果然在椅子的扶手上站着一只鸟。

"这只鸟不是蓝色的呀，看起来也不像一只鹰。"女孩回答。

这时，鸟说话了："我就是啊。"

女孩走近了一点，她赶紧道歉："我没有马上认出你，你那么黑，看起来就像是一只乌鸦。"

"好了，好了。"蓝色猎鹰说，"最重要的是我们又在一起了。"

白色的动物

在我们的森林里，住着一种白色动物。我记不起它的名字了，好像是雪字开头的。不，和雪没有关系，但是好像和白色有关。昨天我突然想到了它的名字，我对卢卡斯说："看啊，卢卡斯，一只……嗯，反正是一只雪样的动物。"

嗯，是的，它是一只白色的动物，满身的皮毛都是白色的。或是羽毛？不管怎么说，肯定是白色的。它有这么高，或者这么高。嗯，就这么高，就这么长。

它背部的样子很特别，我不知道该怎么形容。至于前面却没什么特别的，只有背部。人们很远就可以听到它的叫声。它叫得很大声，就像这样——不，不是的，不是这样。
它的声音很难模仿。总之，它的叫声很大，也是白色的，
而且很害羞。它会用白色的眼睛直视你的脸，像这样，或
者是那样。不管是谁，被它这样盯着看了以后，总会发生
点什么事情，而且一辈子没完没了。

圣伯纳犬、兔子、母猪

　　一个农庄里住着一只圣伯纳犬。每次只要是它不认识的或者不喜欢的人经过，它就会吼叫，比如，每天送报纸的邮差。除此之外，这只狗实在找不到其他事情做。它吃的东西虽然不怎么样，总还能填饱肚子。它应该满足了，但它还是有点不甘心。在一个春天的下午——因为是星期天，农夫和农夫太太都在睡觉——圣伯纳犬离开了农庄。它行走在乡间小路上，两边都是田野，小路通向远方的大山。

　　后来，圣伯纳犬看到一只兔子待在路边。当它靠近兔子时，兔子开口说话了："你好，你去哪里？"

圣伯纳犬回答："我厌倦了目前的生活,我现在想去别的地方找寻我的幸福。"

"别的地方。"兔子点头说,"那我们算是同路了。"

圣伯纳犬很高兴能有一个同伴。它们还不熟,天气又太热,它们只是并肩走着而没有说话。走了几个钟头,远处的山又近了些,最后还是兔子先开口了:"我要去找复活节兔,住在它那里,从它那儿学点东西。"

它们走在树荫底下,凉快了许多。"我也要学点什么,"圣伯纳犬说,"我现在正要去圣伯纳家。"

不久,它们在夕阳的余晖中,见到了一只站在路中间的母猪,"你们去哪儿?"母猪大声嚷嚷道。

"我们不想浪费时间。"圣伯纳犬说,"和我们一起走你就会知道的。"于是母猪也加入了它们的队伍。"我们两个都在寻找幸福。"兔子边走边说,"你是不是也在找寻什么呢?"

"我在找松露。"母猪说。

圣伯纳犬和兔子听它说而没有插话。

就这样它们三个一起走了一整天。然后它们就分开了:一个去峡谷的小木屋找圣伯纳,一个去山上找复活节兔,还有一个去长满灌木丛的平原找松露。它们约定一个月之

后回来，讲述自己的幸福。

一个月过去了，它们又在岔路口见面了。圣伯纳犬和兔子看起来很疲惫，它们还不停地在自己身上搔痒。母猪到得比较晚，它的蓝色眼睛里闪烁着光彩，身上发出好闻的香味。

"你们都找到自己的幸福了吗？"圣伯纳犬问道。它朝兔子望过去，兔子还在不停地搔痒，看样子是没有办法先说了。于是，圣伯纳犬先说它自己的故事。

你们一定还记得，那天我们分开的时候已经是晚上了。我沿着河流慢慢往峡谷深处去，不久就到了小路的尽头。岩石纵横、异常陡峭，我只得踏着水前进。在河流的转弯处我看到了一束光芒。那是圣伯纳头上的光环。光芒四处闪动。当我走近，才看到圣伯纳顶着光环，正在小屋的一角找着什么东西。看到我走进去，他一点都不感到惊讶。也许他一直在等着我吧。晚上好，圣伯纳犬，他对我说，你来找我，我在找我的刀子，我把它放在了某个地方。我说，刀子在你脚底下呢。他笑了，捡起了刀子，然后用刀子削了一个梨子。他把削下的皮放在我面前，我吃了，因为我太饿了。

然后圣伯纳借着头上的光环，看一本叫《圣经》的书，那本书讲述的是和上帝有关的东西。当他把书放到一边，停下不看的时候已经很晚了。我想告诉他我来找他的目的，他只是点了两下头，或者三下吧，然后就睡着了。他的脑袋晃来晃去，头上的光环投射在木屋的墙壁上、角落里，也不断地晃动，使我觉得很不舒服。第一个晚上我基本上没有睡着！一直亮着的圣伯纳的光环严重扰乱了我的睡眠。我真的很想让圣伯纳在睡觉的时候戴上一顶帽子。

第二天早上他又打开书，看了很久。他已经记住了书里所有的内容，但是，他还是不断地看着那本书。如果他不是圣人的话，我想他一定很健忘。过了一会儿，他和我平分了一个苹果。我觉得分享是一件了不起的事情，但是我的饥饿却不这么认为。圣伯纳就靠着水果和羊奶过日子，羊就在屋子外面吃草。我实在不喜欢吃他的食物。

在天气比较暖和的晚上，他会去河边看书。他头上的光环引来很多的鱼，有时候，我可以用嘴巴或者脚掌抓鱼。圣伯纳当然很不愿意看到我这样，但是他什么都不会说。每当这个时候，他就把头深深地埋进书里。

日子就这样一天一天地过去了。我没有东西吃，也没有工作做。这里实在没有东西需要看守，也没有什么人需要我防备。我只有一件事情，那就是下雨的时候，我得把屋顶漏到地板上的水舔干。

如果圣伯纳肯吃得好点，他一定就会有力气爬上去把屋顶修好。

圣伯纳光环还会引来很多飞虫，上百只飞蛾在他头上盘旋。这常常使他不能安心读书。后来我学会轻轻摇尾巴来驱赶飞虫。

偶尔我们会离开木屋去远方。他就会在我的脖子上挂一桶酒。酒是用来给伤口消毒的，我们一路上会碰到受伤的动物或人。有一次，我们发现了一只快要死的受伤小鹿，但是我们来得太迟了，小鹿不再看我们，它的眼睛直勾勾地盯着前面的丛林。圣伯纳从酒桶里啜了一口酒，"啊"了一声，他每次喝酒就会这么"啊"一声。然后我们就又上路了。路很难走，我们都很累了。圣伯纳也越来越常踩到自己道袍的下摆。突然，我一不小心撞到石头上，酒桶上的栓子摔断了，酒从打开的栓口流了出来。圣伯纳看见，破口大骂："见鬼去吧，你这只死狗！"我不知所措，心里很难过。之后我们都没有再说话。当我们回到木屋的时候，他已经冷静下来了，他甚至哭着请求我的原谅。

第二天我就离开了那个地方。圣伯纳为我做了祈祷，祝我好运，然后他又马上打开了他的书。

圣伯纳犬讲到这里就停住了，因为它的故事已经结束了。

"一个真正的圣人！"母猪说道，它边说边流口水，它以为圣人是可以吃的。

现在轮到兔子说了。

我们是在同一个夜晚上路的。我翻过一座陡峭的斜坡，沿着山脊前行。夜色清凉，我看到山后很多的大石头滑落到山谷。第二天，天刚麻麻亮，我就到了复活节兔住的那个高原。我到处找兔子窝，却只找到一个鸡舍。复活节兔就住在鸡舍里，和它一起住的还有几百只鸡。我向复活节兔打招呼，它只说了一句"复活节快乐"就转身离开了，就好像我只是一个过客似的。顺便说一句，它的女儿叫黑德维西，我到的时候它还在睡觉。

我感到很失望，复活节兔的穿着也让我觉得很不顺眼，它和图画中看起来的一样，非常可笑。它穿了一件破旧的绿绒线马甲，一条宽大的条纹裤，戴着一顶鸭舌帽。后来我才知道，它的老婆，一只母复活节兔，几个星期之前，在生下一胎死胎之后死了。所以它看起来才显得那么邋遢，它还没有从悲伤中走出来。

我只好马上动手收拾。整个农场基本上算是荒废了。我用了整整三天来收拾鸡和兔子共同使用的"家"。从头到尾是我一个人在做事，没有任何人帮忙。

在这期间复活节兔的心情变好了，现在它对我很友好，告诉我很多事情。尽管已经是夏末了，它还是煮了很多蛋，用来染色、画画。它教给我一些小诀窍，这些诀窍有些是它父亲传授给它的，有些是它自己总结出来的。画彩蛋对于我来说实在是件很难的事情，刚开始的时候，我的手掌总是握不稳笔。

我乐意在那儿工作，但是也该有一点像样的食物吧。即使复活节早已经过去，复活节兔还是一直吃着煮蛋。我跟着它们一起吃，我想要让自己适应这种生活，我没有时间去找更好的。但我一直没有习惯吃那种淡而无味的东西，它们会粘在我的上颚上，很不舒服。

每次吃饭之前，我都得和黑德维西玩"碰蛋游戏"。每次两个蛋碰到一起的时候，她就会轻轻叫一声，听起来就像是打嗝。

不久我就发现，复活节兔把我当做了它的继承人，它希望，有朝一日我能娶它的女儿。它没有儿子，它认为住在高山上的雪兔不值得信任。有一天晚上它问我，我从哪里来，我的父母叫什么名字。

我告诉它，我一直把妈妈叫做妈妈，爸爸叫做爸爸，哥哥叫做哥哥，我的回答显然令它不安。

其实我也不知道，我来的目的是什么。我来这里是因为我崇拜它，想向它学点东西，除此之外就没有别的了。可以学的，有一些；可以崇拜的，很少。它的女儿更麻烦，如果说它分不清复活节和圣灵降临节，我一点都不会奇怪。有一次，它问我：“你是真的爱我吗？”它发不出完整的“爱”的音节，只有家兔说话才会这样。

有一次，我出去采草药，准备用来染彩蛋。我突然看见它在前面的小溪边。洗它身上脱下来的有条纹的衣服。它听到我走近的声音，赶紧跑开了，躲到树丛后面。“我喜欢你，”我说，“你不必躲着我。”但是它没有一点动静。我叫道：“不要这么愚蠢，黑德维西。”当时我很生气，就把采到的草药吃光了。"我不是愚蠢。"它在树丛中回答。

喂鸡的时间到了，我只得回到了鸡舍。复活节兔看到我是空着两手回来的。"药草在哪儿？"它叫喊。它见我没有回答，又说："明天早上之前，你得在五十个蛋上面写一次复活节快乐！"

我受够了，反正一个月也快要过去了。我没有写五十遍"复活节快乐"，我决定喂完鸡就走。

复活节兔很失望，但是它还是和我握了握手。

这个时候黑德维西也回来了。它穿着湿透了的衣服。我对它说："小心，黑德维西，这样你会感冒的！"这时，它开始哭了起来。我想，也许有一天，它会认识一只雪兔的。

兔子在它布满灰尘的身上又抓了抓，说："这就是我的故事。"

兔子沉默下来，圣伯纳犬转向母猪："你呢，你有过什么样的经历？"

母猪想了想，说："我没有什么好说的，我来这里只是为了听你们的故事。你们的故事很有趣，也让我想了不少。谢谢你们！我想我该走了，天已经黑了。"母猪说了句"再见，愿你们一切都好"，就离开了。

兔子在它身后叫道："那么你至少找到了你的松露了吧？"母猪回答还是没有回答就不能确定了。圣伯纳犬和兔子，确信它们听到从丛林那边传过来"是"的声音。

回家的路上，圣伯纳犬说："你注意到了吗？母猪蓝色的眼睛里闪烁着光芒，身上也散发出好闻的气味。也许它找到了幸福。我们只要循着它的足迹，也许就会找到幸福的。"

"母猪的幸福？"兔子怀疑地问。

名　字

汉、汉汉、汉汉汉

　　有一个父亲，他有三个儿子，他们三个长得一模一样。大儿子叫汉，二儿子叫汉汉，小儿子叫汉汉汉。三个儿子常在花园里玩耍，每当吃饭的时候，父亲就会叫他们。如果要叫三个儿子，他就大喊："汉汉汉汉汉汉。"后来，他想到了一个简单的叫法：汉汉汉。这个叫法代表着他们三人，而且包括了汉、汉汉的名字。有时候当父亲想叫小儿子进来的时候，他会叫"汉汉汉"，三个儿子会一起跑来，当他想叫三个儿子一起进来时，却只有小儿子一个人进来。最混乱的是，他叫大儿子汉，大儿子没反应，他只好叫上两次或者三次，这个时候进来的往往是汉汉或者汉汉汉。

父亲终于发现了，他给三个儿子取的名字不好，得重新给他们取名字。从此，他就叫大儿子汉风，二儿子汉雨，三儿子汉雷。

这个故事有一个姊妹篇，她们的名字叫做：安、安安、安安安。

风神一家

风神有四个女儿，分别叫苏珊娜、舍琳娜、索菲、沙发。沙发是最年轻的，她有999岁了。她比索菲年轻1000岁，比舍琳娜年轻2000岁，比苏珊娜年轻3000岁。风神每一千年就会有一个女儿诞生。

她们的母亲呢？她们来自不同的母亲，四位不同的女风神：苏珊娜的母亲叫莎贝特，舍琳娜的母亲叫斯蒂娜，索菲的母亲是希碧乐，而沙发的母亲则是斯特凡妮。她们先后离开了风神。她们说，和风神一起居住太困难了，他一会儿温柔，一会儿粗暴，一会儿又不知道跑哪里去了。

风神的四个女儿却没有一个是女风神。苏珊娜是一只山雀，舍琳娜是一只野鹅，索菲是一只母鸡，而沙发就是一张沙发。

现在风神和他的第五任太太玛丽·路易斯住在一起。她是一朵来自法国的云，她会在不同的时段里呈现出不同的体态，一会儿苗条，一会儿肥胖，一会儿苍白，一会儿红润。还好，她身上的香味永远不变，要不风神回家的时候就不认得她了。

明年，又一个一千年要过去了。那时将诞生风神的第五个女儿仙蒂。这次说不定会是个女风神。

不同的猪

　　这个世界上有土猪、家猪、江猪、肿瘤猪、豪猪、海猪、存钱罐猪、幸运猪和野猪。

　　家猪生活在乡下，土猪也是，大部分的猪都是。存钱罐猪生活在城市里，它们通常都很重，而且很容易被打破。

　　母猪叫做豝，公猪叫做豭，在一起通通叫做猪。

　　野猪很野，它们的孩子不野，它们身上长着条纹，叫小野猪。其他猪的小孩分别叫：小土猪、小家猪、小江猪、小肿瘤猪、小豪猪、小海猪、小存钱罐猪、小幸运猪。

　　猪不会流汗，天热干燥的时候，它们就在烂泥地里打滚，

土猪也是这样。最干净的是存钱罐猪，它只是用来存钱的。

猪可以吃，它的臀部可以用来做美味的火腿：土猪火腿、家猪火腿、江猪火腿、肿瘤猪火腿、豪猪火腿、海猪火腿、幸运猪火腿、野猪火腿、存钱罐猪火腿。

猪高兴的时候会"猪猡猡、猪猡猡"地叫。存钱罐猪不会叫，它只会发出叮当的响声。

海猪只有在别人听不到的时候才叫。一个年轻人宣称他曾经躲在窗帘后面，偷听到他家的海猪"猪猡猡、猪猡猡"地叫。但那只海猪马上发现自己被监视了，于是又变回"吱吱"的声音。当海猪们单独在一起的时候，它们发出的声音是很大的。

这个世界上还没有桦树猪、石头猪、眼镜猪和鸟嘴猪。

皮特儿

一个马戏团的团长，他有一只叫彼得的狗。这只狗和其他的狗差不多，唯一的区别就是它可以说自己的名字，而且是用英语说。它会说"皮特儿"。

彼得是世界上唯一一只会说话的狗，但是它只会说这么一个单词，而且只会用英语说，所以还不能单独作为马戏团的表演节目。你们想象一下吧：一只狗走到舞台中间，说道"皮特儿"，之后没有任何其他的表演就离开了。

多年来，马戏团团长每天都教这只狗说英语，他缓慢地、很清晰地读每一个单词，事实表明这一切都是在浪费时间。

他只得尝试教它一些简单的技艺，也没有用。它只需要将球顶在鼻子上，爬上梯子，在梯最高一格的地方，听到乐团大声吹奏之后，叫自己的名字"皮特儿"，这样就够了。但是它只会摇晃尾巴、乱闻东西、随地小便、随便乱叫，它既不说"皮特儿"，也不说其他的话。

　　只有那么一次，当这只狗单独在宿营车厢里的时候，偶然地或者心情太好了，它发出了"格瑞斯"这个单词，是英语中"草"的意思。也许它每一天都会说一次"格瑞斯"，也许是每一小时就会说一次。也许它知道更多的英语单词，也许它可以很流利地说出很多种很复杂的外语，也许它还可以用手或者打字机写字。但是所有的这一切，它都只会在独自待着的时候做。在人前它只说"皮特儿"、摇晃尾巴、乱闻东西、随地小便、随便乱叫。

　　彼得是世界上唯一一只会说话的狗。一只狗会说话似乎很了不起，却又似乎没有什么。

双峰驼和单峰驼

　　双峰驼有两个驼峰，单峰驼有一个驼峰，或者刚好相反，双峰驼有一个驼峰，而单峰驼有两个。总之，它们中有一只有一个驼峰，另一只有两个驼峰。没有一个是没有驼峰，或是有三个驼峰、四个驼峰或者更多驼峰的。

　　一只双峰驼和一只单峰驼在沙漠里相遇了。双峰驼向单峰驼打招呼："嘿，为什么你只有一个驼峰呢？"单峰驼回答道："这是为了使人们更好地区分我们啊，人们只要数一数我们背上的驼峰就知道了我是单峰驼，你是双峰驼。或者正好相反，我是双峰驼，你是单峰驼。"

听草长

印第安人很厉害，他们只要将耳朵贴在铁轨上听一听，就知道很远的地方有没有火车过来。如果没有铁轨，他们就将耳朵贴在地上，这时他们听的当然不是火车声，譬如说，他们期待已久的骑士到来，或者野牛群。如果地上没有东西移动，他们当然什么声音也听不到。

这种情况很少。

从前有一个叫做"听草长"的印第安人，他可以听到草生长的声音，他只需将耳朵贴在地上就可以了。他听到的不是沙沙声，不是咝咝声，也不是轰隆隆的声音，他听到的是完全不同的声音。这种声音听起来就像是有人在轻轻挠自己的耳朵，但是又不完全像。每次听草长只要听到这种搔痒的声音，他就会笑着站起来，对他的同伴说："小草在生长呢！"但是他常常得不到回答，因为印第安人向来很沉默。

鹦 鹉

　　有一只会说话的鹦鹉，会说一门人类听不懂的语言。只有一个单词和我们所用的语言有点像，这个单词就是"鹦鹉"。

　　对于这只鸟，人们有着不同的看法。一部分人认为它是在重复某个地方某个人曾经说过的话，只是我们不知道，在什么地方、什么人说的话。或许这是一种已经失传了的语言。其他人则认为这只鹦鹉之所以喋喋不休，只是运动它的嘴巴和喉咙，没有其他的意思。

　　一个曾经在热带地区住了很久的女人，听说了这只会说话的鸟，就把它买了回来，自此以后她就和这只鸟住在了一起。她花了很长时间才开始明白这只鸟说的话，五年后，她理解了大部分的话。十年后就几乎全理解了。

比如，"普佛塔普拉姆"就是"祝你好胃口"。说这话的时候头必须摆动，如果头不动的话就不代表任何意思。说这句话时，如果是抬起一只脚踩到另一只脚上，而后全身抖动，那么这句话的意思就变成了"又是泡菜炒肥肉"。

"口吾里吧"加上嘴巴的张合作响，是指轻抚羽毛的风；说"口阿特吾士克"的时候如果嘴巴没有张合作响，就表示将羽毛吹乱的风。

有一些很复杂的句子，意思却很简单。"斗卜士巴那姆斯克女斗卜士巴那巴儿后恩德阿那"就是打招呼的意思，那个女人把它翻译成"你好"。如果鸟想说它不想用那个盆子吃东西，而想用带有花纹的盘子，因为盆子发出的味道让它紧张，而上周它已经用那个盘子吃过了，它就会很简单地说"步欧"。

鸟也会分你的我的，譬如说，在我的脚趾之间叫做"柯协里冈故努"，意思就是"在自己有感觉的脚趾之间"。相对应的"柯协里冈那巴"则意味着"在你的脚趾之间"，字面意思就是"在自己没有感觉的脚趾之间"。

在鸟的言语中也会出现谚语。它最常说的一个就是"哈不阿哈卡马卡",意思是"你永远看不到鸟嘴前面的东西"。说这句话的时候必须从喉咙的后半部发音。如果从喉咙的前半部发音,同时把尾巴上的羽毛展开,那就是另外一个谚语了:相信自己看到的。

女人基本上明白了鸟说过的所有的话,只有一个单词的意思她还不明白,这个单词出现的频率很高,这个单词就是"鹦鹉"。可以肯定的是"鹦鹉"这个词并不代表鹦鹉。因为鹦鹉叫做"那巴欧故务",字面意思就是"和我一样的东西"。

女人继续研究,她越老就越急迫地问自己:到底"鹦鹉"代表什么意思呢?这是一个它随便和我说说的词?也许"鹦鹉"根本就没有意思?也许它有某个意思,但是并不重要,就和"呸"差不多?

为了使女人安心,或者为了捉弄她,或者是没有任何特别理由,鸟开始认同这些问题。最后它回答每个问题的时候都会把眼皮撑高,很有友善地回答:"是。"

动物的名字是从哪里来的

鳄鱼的名字最早来自埃及，在那里的意思是：呼！又幸运地逃过一劫。

狗以前叫做"手"，因为它有和手指一样多的腿，四只或者五只，这要看你将不将狗尾巴算上，或者不算拇指。

骡子之所以叫做"骡子"，是因为它得每天辛苦地工作。

小鹿根本不叫"小鹿"，而是其他的名字。它的名字太长而且很难发音，以至于没有人记得住。如果有人记住，那么今天就有人叫它真正的名字。人们叫小鹿为"小鹿"，是因为小鹿叫起来容易。"小鹿"的确很简单，但是这是错误的叫法。

母牛之所以叫做"母牛"，是因为它看起来就像母牛。

猫之所以叫做"猫"，是因为它长得像一种叫这个名字的动物。

一只被人叫做"猫"的猫可能更喜欢被人叫做"老鼠"。但是因为已经有了一种动物叫做"老鼠"，而且已经被叫了很久，为了避免混淆，猫只好让人继续叫它"猫"。

刺鱼和咸鱼的名字出自鱼类的书籍。

两个小男孩在野外见到一只他们以前从来没有看到过的棉花般柔软的鸟。"布谷，布谷。"一个小男孩指着这只鸟对另一个说。

从那天起这种鸟就被叫做"布谷鸟"了。

鹦鹉的名字来源于印第安语，意思是：让我把话先说完。

无名鸟是唯一一种没有名字的鸟。在古语中，"无名"的意思就是没有名字。

　　有一些动物，到今天只剩下骨头、毛发、皮肤，还有名字。譬如：恐龙、长毛象、阿摩尼特。名字的寿命通常都很长。

　　还不存在的动物也可以有名字，譬如说，可以养在鞋盒里的蹄牛（长得像水牛），或者圆圆扁扁像煎蛋卷的千足虫，或者一种没有人能够看得见的害羞的动物，一到晚上，它们就会接近人类居住的房子，它们的声音听起来像是人在咳嗽。

秘密和魔法

小女孩和幸运

　　一个小女孩出门去寻找幸运，但是她从一开始就做错了。她一离开村庄，就选择了右边的路，而没有选择左边的路；之后她走进了峡谷，而没有爬上山坡；她跳过篱笆，而不是从下面钻过去；她抚摸了一只母猪，却没有去喂鸡顺便拔根鸡毛；她蹚过河水，而不是顺着河岸走；她一路上唱着自己都不太记得的歌，而不是边走边说："幸运，幸运，赶快降临。"

　　到了一个采石场，突然没有路了。在路的尽头，一片绿色的草地上，停着一辆绿色的女式自行车。女孩跨上自行车，骑车回家了。

如果女孩一开始就选对了路的话，那么会发生些什么呢？如果她一开始就选择左边的道路？如果她爬上山而没有走进峡谷？如果她从篱笆下面钻过去，而不是从上面跳过？如果她喂鸡并且拔了鸡毛而没有抚摸母猪？如果她一直说着"幸运，幸运，赶快降临"，而不是唱着连自己都不太记得的歌曲？如果她一开始就做对了，结果又会怎样呢？

在某些地方、某些时刻，你会偶尔遇到幸运：这时或那时，这里或那里。在冬天，幸运被埋进雪地里，但是幸运的是人们知道它埋在哪里。人们可以把他们知道的地方在地图上圈起来，把知道的时间记在月历上。这样可能会有帮助，也有可能一点用都没有。

蛋 糕

　　在一栋房子的中央有一个房间，这个房间没有窗户。房间锁上了，没有钥匙。房间的正中有一张圆桌，圆桌四周摆着椅子，圆桌上摆着一个大蛋糕。每天正午十二点，蛋糕就开始膨胀。到了一点左右，它就胀得和桌子差不多大了。这个时候，房子周围的居民就会聚集到房间的周围，他们站着、坐着，或者靠着外面的墙壁。他们闻着里面散发出来的香气，借着热气暖身，没有人说一句话。然后蛋糕慢慢地变回原来的样子，不再发出香味。人们开始说话，重新去忙他们的事情。第二天他们又重新聚在一起。没有人知道这香气、热气是从哪里来的，因为没有人进过那房子。

　　但是我们知道，这些香味和热气是从哪里来的，因为在《蛋糕》的故事里写到过。我们不知道，这蛋糕闻起来

是什么味道，或许我们知道？这故事闻起来有蛋糕的味道吗？它闻起来只有油墨的味道。

有一个故事没有说，是关于一个只卖好闻的书的男人的故事。这只是许多还没有讲出来的故事中的一个，我们还有很多新故事要讲。

关于一只向兔子说晚安的狐狸的故事。

关于一只燃烧着的天鹅的故事。

关于一个想成为歌星的哑女的故事。

关于一个一直不说话的男孩的故事。

关于一片最茂密的森林的故事。

关于你的故事。

关于一个白雪天使的故事。

关于一个被淋湿的皮箱的故事。

关于一个敞开着门的钥匙孔的故事。

关于一扇门的故事；门上写着：请进，然后马上离开。

关于第一个人的故事；他对第二个人说："我已经受够了这个愚蠢的故事了。"这时第三个人刚好很好奇地走近。

关于第二个人的故事；他同第一个人说："这故事是很蠢，但是真实的。"而这时第三个人刚好很失望地离开。

一个真实的故事。

一个真实又美丽的故事。

一个无聊的故事。

一个刚开始很紧凑后来却不能接下去的故事。

关于柯希摩·贝利塔的故事。

关于芭芭拉或是芭芭的故事，她专门打断人家的肋骨。

关于黑莓、覆盆子、黑紫浆果的故事。

关于一辆摩托车的故事；它不想再当摩托车，想变成草地。

关于一块草地的故事。

关于一个男孩的故事；他不想再做男孩，而愿意变成女孩。

关于一部电话的故事；它老是混淆 1 和 7、6 和 9、5 和 3。

关于一件石头衬衫的故事。

关于一条裤子的故事。

关于其他衣物的故事。

关于一把叉子的故事；它对小刀说："亲爱的刀子。"（接下来因为盘子碰撞格格作响，我们再也听不清它说什么。）

关于一个男孩的故事；他突然在某个夜晚……

关于馅饼里的兔子的故事。

关于一个男孩的故事；在某一个夜晚，他听到有人在他床边打喷嚏。

关于一个叫做"十一月"的女孩的故事。

关于一只狡猾的狐狸的故事；它和邪恶的野狼、强壮的黑熊、害羞的小鹿、机灵的黄鼠狼、胆小的兔子、呆笨的鹅、虚荣的孔雀、高贵的骏马、倔强的驴子、老实的母牛、野蛮的公牛、古怪的山羊、忠诚的狗、安静的鱼、虚伪的蛇、勤劳的蚂蚁、多嘴的麻雀、爱偷东西的喜鹊，还有骄傲的老鹰，一起移民到加拿大或者更远一点的地方的故事。

127

树 桩

　　我在森林里走了很久，又累又饿，就找了个树桩坐了下来。"嗯，现在是午后点心时间了。"我自言自语。我喜欢自言自语，因为这样我才会觉得自己有伴。我正想从衣服口袋里拿出面包，我屁股下面的树桩忽然不见了，我跌倒在潮湿的叶子上。

　　我从地上爬起来，发现眼前站着一个王子。他有着金色的头发，穿着深红色的紧身衣、深红色的裤子、深红色的带有银扣子的鞋子。他哭着对我说："你救了我，谢谢你！"

　　我正为刚才的跌倒而生气，我说："我不是有意的。"

王子不受干扰地继续说，就像一个很久都没有开口说过话的人一样："几百年来我一直在等待着这一天，一个人坐在我身上，然后说出'午后点心时间'这几个字。你这么做了，你救了我。"他开始讲述他的那个很长但很无聊的故事，我现在已经记不得内容了。我只记得在故事里有船、有马、有小矮人出现，在一个午后点心时间，王子被咒语变成了树桩。

我能够对一个王子怎么样呢？我不能和他结婚，因为我不是公主。他可以去剧院演出或者去参加花车游行，但这都不关我的事，我也没有义务给他建议。当王子和我说他要马上离开的时候，我觉得轻松多了。他要去援助某人，至于他要去帮谁，为什么要去帮，怎么去帮，我都不记得了。他匆匆忙忙地拥抱了我，然后就走了。

我继续坐在潮湿的叶子上，吃着我的面包。"永远都不能坐在树桩上了，"我自言自语道，"如果所有的树桩都是王子变的，我们能坐哪里呢？"这时我突然听到一个声音在我的耳边说道："你在叫我吗？"我抬头一看，是一个小矮人。"不是的。"我说，"我现在正在吃我的面包，请你不要烦我。"

"但是我刚才听到你叫我的名字了，我叫'树章'。"小矮人说。

"树章？我发誓我这辈子从来没说过这么一个词，'树桩'或者'树墩'我倒是说过。但是'树章'绝对没有。我为什么要说'树章'呢？"

"最近我的听力越来越差了。"小矮人承认。

我真替他难过，他现在站在我的旁边，只有我的肩膀那么高。我说："也许是我刚才说话的时候，嘴巴还在嚼东西的缘故。"

我开始向他讲述我对树桩王子的恼怒，他很认真地听我讲话。

等我说完之后，他开始说："以前这里的情况更糟，这里几乎没有一个树桩是真的树桩，没有一个国家养得起这么多被施了魔法的王子公主们，在这片森林里到处都是。在那个时候一个王子可能一转眼就会变成一个蘑菇或是一道闪电，一个公主变成一棵柏树，一匹马变成一个火炉，还有其他的东西……那时候松树也可能变成山毛榉，农夫可能变成农妇，有时候只是一颗核桃变成另一颗核桃。

"真可怕！"我说。

"是呀。"小矮人继续说，"那时候人们根本不知道自己处在什么情形下，也许自己的孩子都不是真正的人，而是，譬如说，是一头公牛。很多人也在怀疑自己，他们常常问自己：'我们真的是人类吗？'人们随口说的一句话，就有可能解除一个咒语或者变成另一个咒语。这么多的东西和人都变来变去，搞得人都晕了。"

131

"这么说来你很老了哦，如果你也经历过这些的话？"我问。

"是的，"小矮人说，"我已经超过一万岁了。"

当我问他是否一直是个小矮人的时候，他笑了，他说："我不是一个真正的小矮人，我本来是一个树桩，这就是我为什么叫'树章'的原因了。今天就是我解除魔咒，从小矮人永远变回树桩的日子。"

"为什么刚好是今天呢？"我问。

"因为只有一个树桩变回了人之后，我才能变回树桩。大部分的树桩都不太愿意这么做。刚才，事情正好发生了。"

小矮人等待解咒已经超过了一万年，他现在已经等不及了。他要我挪开一点空间，他要在原来树桩所在的地方变回新的树桩，之后我必须坐在他的背上。我照着他的话做了，感觉自己好像又坐在了之前的那个树桩上。"啊——"他舒了一口气，"很舒服啊。"

"如果你真的是一个树桩，你就不应该再说话。"我说。

"嗯，那是的。我不会再说话了。"树桩回答，"你一定要相信我。"

从此以后，他没有再说过一句话。

魔法师和他的女厨师

苏珊娜被魔法师变成了一个带有蓝色花纹的茶杯。

为什么偏偏是茶杯？变成猫或者榛树林不是更好？当然可以。很久以前魔法师确实可以变出很多的东西，女孩啊、花啊、自行车啊，但是他现在只能变出锅碗瓢盆这类的东西，因为他后来只研究餐具方面的魔法。但他很少能变出刀和叉，他变出的叉子没有叉尖，却有手指，他变出的刀子倒是长有头发。

就这样，魔法师的家里收集了很多的餐具。他拿这些来干什么呢？他没有妻子，也没有孩子，他的亲戚也都住在遥远的乌拉圭。"找个女厨师,她一定知道怎么处理这些厨具。"他这么想着。于是他聘请了一个女厨师。

当女厨师走进厨房的时候,她就觉得怪怪的,好像四面八方都有人在看着她。她赶快走出厨房去化妆。她又回到厨房的时候,嘴唇上涂了口红,睫毛也黑亮了不少,这样她就觉得安心多了。她是个聪明且有经验的女人,不久她就发现这些餐具的秘密,也知道了她是为谁在工作。她决定把这个家恢复正常。

第二天,她偷听到魔法师如何把一个叫做汤姆的年轻人变成了汤碗,当魔法师把新汤碗放到厨房桌子上时,女厨师就叫道:"天啊,又是一个汤碗!"

魔法师很吃惊地问道:"你不需要汤碗吗?"

"我缺的是茶壶。"女厨师说。

魔法师只好拿着汤碗走进自己的工作间。女厨师偷听到他在轻声地念:"碗汤。"她轻轻地跟着他念。透过钥匙孔她看到汤碗变成了碎片,那个叫做汤姆的年轻人就坐在碎片中间。原来只要把餐具的名字倒过来念,咒语就会自动解除。

女厨师赶紧跑回厨房试验她刚刚学到的魔法。她把白底

带有蓝色花纹的茶杯放在桌子上。"杯茶。"她说。果然苏珊娜就突然跪在了她面前，深色的头发上还残留着白色的碎片。

一切进行得很顺利。当魔法师手拿一个白底带有蓝色花纹的茶壶走过来的时候，女厨师大老远就叫道："壶茶。"就这样，汤姆第二次被解咒了。他就跪在苏珊娜的面前，苏珊娜轻轻抚摸他的头。魔法师将一只手放到了女厨师的肩膀上。

什么？他生气了吗？

没有，他爱上她了。

他后悔自己干过的蠢事？

希望如此。

女厨师在他耳边轻轻说道："你最好给我学点真正有用的东西，亲爱的，你除了这个还会做什么呢？"

苏珊娜与王子，女厨师与魔法师一起举行了婚礼，他们邀请了很多宾客，其中包括所有的被解除了咒语的餐具。

他们用什么吃饭喝酒呢？

不知道了。

上了锁的山

　　据说，在拓斯谷有一座上了铁门的山。你只要透过两扇门之间的缝隙往里看，就会看到一些亮晶晶的东西。门锁得这么紧，所以人们都猜测山里面一定藏了很多财富，譬如说，一箱一箱的银子、金子、宝石。

　　这山、这门已经不是什么秘密。长久以来，不断地有强壮的男人、女人从世界各地来到这里，企图打开铁门。有的是独自来的，有的两人结伴，也有三五成群的。他们有的带着棍子，有的赤手空拳。但不管怎么样，铁门还是一直锁着。少数几个强壮的男人、女人想到了一些童话里的咒语，他们

137

施了"芝麻开门"和其他一些咒语,都没有用。这和他们说"鞋子开门"、"饼干开门"的效果一样。

很多人相信自己发明的咒语会有用。

山啊,我的兄弟

门啊,我的姐妹

你们开开门吧!

这只是众多没有用的咒语中的一条。另外还有:

大门、小门、门阀

三个一起开

我在这里

我是你们的艾德加·施密特

当听到一些好的咒语的时候,门就会抖一下,就像大风吹过一样,仅仅是抖动一下。

下面这条咒语就需要花一晚上的时间才能说完:

紧紧关着的山和门啊

就像生气的人紧握的拳头

就像倔强的人紧闭的嘴唇

就像怕冷的人紧裹的夹克

就像吝啬的人紧拽的钱包

就像关犯人的牢狱

就像星期天的店门

就像冬天的海滨浴场

就像结疤的伤口

就像蒸汽锅炉的盖子

就像结冰的池塘

……

有些人，他们希望某一种动物或某个老人把这座山的秘密告诉他们。他们去钓鱼，然后将钓到的鱼放生；他们帮遇到的狮子拔去脚掌上的刺。但是，这些动物没有说一句话就走开了，有谁说句谢谢，已经很难得了。

乞丐和老妇人尤其受到重视，他们送乞丐金块，帮老妇人挑很重的柴火。但这一切也是白花力气。这些人不知道什么秘密，他们只觉得这一切很好笑。

一天晚上，一个女人坐在铁门前。她试过了很多种方法，现在很累，也很伤心。突然一个灰色的小矮人出现在她面前。"你为什么哭呢？"他问道。

"我想进到山里去。"女人说，"但是一直打不开门。"

小矮人很同情那个女人，就告诉她三个谜语。这三个谜语分别是：我用什么刷我灰色的头发？我用什么梳我灰色的胡子？我用什么洗我灰色的肚子？第一个谜语的答案是：你从来不刷你的头发。第二个谜语的答案是：你从来不梳你的胡子。第三个谜语的答案是：用露水。

女人停止了哭泣，她把答案默念了几遍记在脑子里。她怕睡着了会忘记，所以就一直睁着眼睛。她一直在等待，但是却没有人来问她这三个问题，她就带着这三个答案孤单地生活。

在一个冬天的晚上，一个年轻人从这扇门前经过。他是一个哑巴。他在森林里工作了一天，现在正拖着沉重的步子昏昏沉沉地走回家。突然他看到自己面前有很多人，围坐在山前的火堆边。他很害羞，倒退了几步，结果屁股撞到了铁门上。霎时铁门自动打开了，年轻人跌了进去。他身后的门马上又关上了。

从这件事以后，很多年过去了，人们没有再见到那个年轻人，门也一直关着。

消失的年轻人是个哑巴，如果你是个沉默的人，你一定最能想象他的情况。

哥哥、我和森林里的猫

　　放学之后，我和哥哥去森林里玩。我们看到一只猫在树桩上哭。我们决定把自己变成一匹狼，变成狼需要花很多的时间，最后我们成功了。

　　我变成了狼的大嘴巴，哥哥变成了狼身体的其他部分。我们走近那只猫，问它："你怎么了？"

　　猫回答："我迷路了，现在想回家。"

　　"来吧，我们带你回家。"我和哥哥同时说。

　　"不，"猫喵喵地说："我不相信你，你一定是想把我骗进森林吃掉。"

听它这么说，我们决定变成一只蜘蛛。我们变了几次才变成功。我是蜘蛛的八只脚，哥哥是蜘蛛身体的其他部分。我们向猫爬过去，问它："你怎么了？"

"啊，"猫说，"刚才有一只长着很大嘴巴的狼把我吓坏了，我迷路了，现在想回家。"

"来吧，我们带你回家。"我和哥哥说。

那只猫摇摇头："你想把我引到地洞里去，然后我就彻底迷路了。"

这下我们该怎么办呢？我们决定变成一只嘴里叼着一封信的鸽子。我们一开始没有成功，直到花了十几分钟才变成。我变成了一封信，哥哥变成了鸽子。他飞了起来，让我降落在猫的面前。猫打开信，读道："你怎么了？"猫拿出一张纸写道："一只蜘蛛想把我引到地洞里去，一只长着大嘴巴的野狼把我吓坏了，我自己迷了路，想回家。"它哭得很伤心，纸马上就湿透了。

我和哥哥很恼火。"不要哭了，蠢货。"我们叫道。猫马上变成了一个普通小女孩，我们也变回原形。女孩说："你们两个赶快停止你们的烂魔法，现在马上带我回家。"

我和哥哥开始送小女孩回家，在路上我们习惯了她的存在。当我们在她家门口停下来的时候,她又喵喵地叫起来。我哥哥变成了一块手帕,我摇着手帕和她告别。"今天已经玩够了。"我们说,"现在是六点半了,该吃晚饭了。我们的家庭作业还没做完呢。"

不一样的生活

如何寻找帮助

　　一个小女孩走遍世界各地，她在寻找一个帮助，因为她没有而且她还很小。她要去哪里找而不是去偷呢？

　　如果知道哪里可以偷到，小女孩甚至会去偷，但是到哪里去偷呢？

　　她在森林里遇到野狼，她问："亲爱的野狼，我无论如何需要一个帮助。"

　　"你为什么需要帮助呢，小女孩？"野狼问。

　　"人们经常需要帮助。"小女孩说，"譬如说，迷路的时候。"

"哦，这样啊。"野狼说，"你现在想去哪里找呢？"

"随便去哪里。"女孩说。

野狼清了清嗓子："随便哪儿，这倒容易找，而且也不会错过。但是你只有两条腿，这有点困难。"

小女孩问："我该怎么做？"

"来，"野狼说，"我虽然没有帮助，但我觉得强壮的公牛应该会有。"

他们一起去草原上找公牛，野狼说："亲爱的公牛，这个小女孩需要一个帮助，你有吗？"

"她需要这个干什么？"公牛问。

"人们可以随时用到它。"野狼说，"譬如说，迷路的时候。"小女孩补充："还有森林着火的时候。"

"你们说得对。"公牛说，"但是我也没有帮助之类的东西啊，不过我可以和你们一起去找。那个住在山上的高大的女人应该知道。"

他们三个一起去找那个女人。"亲爱的女士，"公牛说，"这个小女孩要找帮助，不知道你有没有？"

女人问："因为她小，所以需要帮助？"

"是的，就是这样。"公牛说，"但是还有其他的原因，譬如说，你迷路了或者森林着火了，这个东西就很有用。"

女孩补充说："还有涨洪水的时候。"

"确实如此。"女人说，"人们需要帮助。但是我也没有这东西，连一个都没有。"

这时山上突然下起了暴雨，在他们站着的地方的上空，不时地有闪电划过，雷声轰隆隆地响。

"野狼、公牛、女士，如果这时闪电引发了森林大火，或者大水把我们冲走，那我们该怎么办？"女孩问。

他们想要知道真的发生了这些时该怎么办。于是，他们害怕起来，他们在瓢泼大雨中紧紧地靠在了一起。

暴风雨过去了，太阳又探出头来。野狼抖掉身上的水，女人开始跳舞，小女孩脱下湿透了的衣服挂在公牛角上晾干。在午后的阳光中，他们四个身上都散发出水汽。

在他们分开之前，公牛问："我们什么时候再聚一次呢？"

"在什么地方呢？"野狼也问。

"一个月后，在这座山上。"女人建议。

小女孩说："或者一个星期后，当我们中任何一个需要帮助的时候。"

慢　慢

　　有一个人，他无论做什么总是慢吞吞的。譬如说，让他去书报摊取一份报纸，那他必须在学步的时候第一步就朝这个方向走，才能在75岁他去世的那年赶回来死在家里。所以说，他不会自己去取报纸，他让报纸自己来找他——确切一点说，他让邮递员把报纸送过来。

　　仅仅伸手去拿报纸得花去他一天的时间。当他的手碰到报纸的时候，已经是第二天的报纸了。等他看完第一行，第三天的报纸也已经到家了。所以他从来不伸手拿报纸，也不看一个字。事实上他从来没有学过认字。

如果要他学会认字，那他得活 1000 岁才行。也许他家里根本就没有订报纸，即使有订，也一定不是给他看的。

这就是说，他是和其他人一起住的？是的，他是和爸爸、妈妈、妹妹一起住的。他的妹妹长得比他快。

还有一个问题：他会走路吗？或者他走去书报摊的事情也是杜撰的？他什么时候学会走路的？他吃奶都吃得那么慢，直到 8 岁的时候才第一次吃饱。

最简单的看和听对他来说也要花很多的时间。他五点钟的时候看手表，时针可能已经指向九点或者九点半了。但是没有关系，因为他根本就不会看表，他也没有手表。

就像前面所说的，他的听觉反应也很慢，如果妈妈想和他说早安的话，就得在前一天晚上说，这样他才能在第二天早上醒来时听到。

谁想和这样的人住在一起呢？不管怎么样，我绝不。我和他一定不能同时做一件事情。

当他想给我一个告别吻的时候，我可能已经旅行回来了。

但是不管怎么样，我都得给他准备一个见面吻，这样他的告别吻和我的见面吻才刚好接上。接下来，等他感受到我的吻的时候，我可能又要离开了。

柜子上的小孩

　　我今天讲述的这个故事发生在六十年前，意大利北部一个叫做皮亚琴察的地方。有一个律师的小女儿，在家里玩捉迷藏的时候，躲到了一个大柜子上。当她被发现，轮到她去捉别人的时候，她说："你们继续玩吧，不要算上我，我就待在这个柜子上。"然后她就一直待在那里，看着人家玩。

　　吃晚饭的时候，饭桌上少了这个女孩，她说："我不吃，我要留在这儿。"

　　玛利亚——孩子的保姆——很生气，但是又没有办法。睡觉的时候女孩也不肯下来。玛利亚只好在夜深的时候给她送去枕头和奶油面包。

从那天起，这孩子就住在了柜子上，柜子上有足够的空间让她站起来活动，因为屋顶很高。从她待的地方可以看到家里发生的一切。她看到父母、玛利亚、哥哥、姐姐走来走去。有时候她会看看书，或者躺在柜子上，哼着歌，望着天花板。

妈妈、爸爸、玛利亚、哥哥、姐姐想尽了一切办法，想让小女孩从柜子上下来。他们说尽好话讨好她，他们拿糖果和贵重玩具给她看，或是大声讨论怎样去马戏团玩，讨论池塘里的鱼怎么样了。她很认真地听着，时不时笑两下，但她绝对不肯从柜子上下来。

第二天他们请来了牧师，但是他也帮不上忙。之后他还来过几次。他们还从米兰请来了心理医生，让他和小女孩说话。每次他提问，小女孩都会回答。但是他不提问的时候，小女孩就什么话也不说。

好几次他们强行将她从柜子上抱下来，他们让她坐在餐桌边的椅子上，或是把她抱到床上。但是女孩不吃不喝，晚上睡觉也不闭眼。她越来越瘦，越来越忧愁。他们怕她就这样死掉。几天后，又让她随心所欲了。吃饭的时候，她的椅子继续空着。

就这样，这个女孩在柜子上生活了好几年。玛利亚也习惯了这样的状况。她每天给小女孩端去满盘的食物，然后将空盘子端走。夜壶则刚好相反。她的妈妈、爸爸、哥哥、姐姐也都见怪不怪，不再骚扰她了。他们给报社提供小女孩的生活情报，并且收集有关的报道。后来这些报道也越来越少、越来越短了。

大约在第五年末第六年初的时候，发生了一件预料之外的事情。一个钢琴师被找来帮忙调音，小女孩看着他工作，听着他弹琴。钢琴师自顾自地工作，并没有发现小女孩，直到小女孩高兴地笑了，他才抬起头。他看到了小女孩，"你在那儿干什么呢？"他问道，"你快下来！"

　　就这样，小女孩从柜子上下来了。她拉过一张椅子，坐在钢琴师旁边。她就这么一直坐着，直到钢琴师完成了他的工作。然后小女孩走进厨房，给自己拿了一块蛋糕。

　　从那天开始，这个小女孩又和其他孩子一样生活了。她没有再爬上柜子。

　　（此外，那个钢琴调音师就在同一天认识了玛利亚，他们两人大概就这样相爱了。总之，两年后，他们结了婚。）

　　还有一个故事叫做《柜子里的小孩》，在这个故事里，一个小男孩坐在柜子里，他安静地坐着，听着外面的动静，感觉时间的流逝。在感到悲伤难过之前，他撞开了柜子门，跳了出来，就像是从坟墓的黑暗里逃回光明一样。

小巨人

巨人一家生了四个小孩，其中三个长得和巨人一样，有一个叫做约朴夫的孩子却长得和你我差不多高。

小巨人约朴夫很喜欢和姐姐一起玩，特别是喜欢在她身上爬来爬去。但是他必须小心，不要在姐姐杂乱的鬈发里走失。有一次他就在头发里迷路了，只好大叫救命，姐姐拿着一把像草耙一样的大梳子，把他从浓密的头发丛中解救了出来。

巨人们相亲相爱地住在一起，就和我们一样。他们勾肩搭背；相互亲吻；有时候甚至会舔对方的脸。约朴夫很害怕他们的舌头。他自己亲别人的时候，感觉那声音就像在吐李子核。

不管走路还是站着，巨人们总喜欢两三个紧紧地抱在一起。每当这时，约朴夫就跑开了。巨人们很惊讶地看着他，然后开始摇头，他们一摇头，头就会撞在一起。

巨人也有外套，他们的外套很大，一次可以容纳好几个人。一个人把右手伸进右边的袖子，另一个人把左手伸进左边的袖子，两人之间还可以容下第三个甚至第四个人。这样一来，高度和宽度看起来就差不多。如果他们在冬天的时候一起在草地上摔倒，从四张嘴巴里冒出的热气，远远看就像是一个火车头。

吃饭的时候，巨人们会把一个大碗摆在中间，每个人都可以伸手去抓东西吃。他们不仅抓给自己吃，还经常把马铃薯塞到对方的嘴巴里，或者把对方已经塞进嘴里的好吃的食物抢过来塞到自己的嘴巴里。

巨人说话很慢而且说得很少。他们的语言和你我的很像，只是有一些单词听起来像是被压碎了。他们说"马铃薯"为"马薯"，"雅各布"为"约夫"。他们说话一般很简单。每个星期一母亲都会说："今天是星期一。"其他人就会重复：

"是星期一。"这时正用双手抓着大胡子的女儿说:"今天出太阳了。"其他人也点头附和:"出太阳了。"他们总是重复人家说过的话,甚至在吵架的时候。一个人骂另一个人"笨案",意思是笨蛋,另一个人也会说"笨案"。真不知道他是骂回去呢,还是重复人家的话。

约朴夫说得又多又快。巨人们根本不能理解一连串进出的这么多的话,他们只能理解自己可以重复的话。巨人家庭是有点笨,只有约朴夫比较聪明。他还会拉好听的低音提琴,这把琴是他用巨人小孩的木屐做的。因为他很聪明,他可以随心所欲地戏弄哥哥姐姐们。有一次他竟然在他哥哥的热汤里游泳,气得他哥哥直骂他"笨案",其他人也都附和着骂他"笨案"。约朴夫从汤里爬出来,拿过他的低音提琴开始演奏,听得哥哥和家里人几小时都闭不上嘴。

等他们回过神来,全家人惊讶地大叫:"拍十下手!"如果是你和我,我们肯定会说"拍一千下手"。但是巨人们数数的时候要用到手指,他们的手指和我们的一样多,都是十根,所以他们只能数到十。但是约朴夫可以数到二十,因为他可以算上他的脚趾。

约朴夫看到他哥哥张大了嘴巴,就把低音提琴放到

160

一边，抓了个南瓜塞到哥哥的嘴里。南瓜卡在那里出不来，他哥哥也就没有办法再讲话了。他拼命摇晃自己的脑袋，双手在空中乱抓，好像在揉捏什么东西似的。约朴夫觉得哥哥可怜，就又拿起提琴开始演奏，这一次比上一次更加精彩，他哥哥惊讶地张大了嘴，南瓜就自己从嘴里掉了出来。

到了晚上，巨人们就扭成一团睡在一起，只有约朴夫有自己的床，他的床和我们的差不多大，是他自己用木箱做的。

有时候，约朴夫会在他们睡着了之后拉琴，他们在睡梦中也会很惊讶，他们把嘴巴张得更大，开始打呼噜。当约朴夫停下来，他们的嘴巴就又闭上了。这时候就会发生这样的情况：一个人不小心咬到了另一个人的大腿。被咬到的人开始反抗，于是撞到了第三个人。他们在黑暗中翻滚，到最后往往忘了哪条才是自己的腿。他们常常捏着自己的小腿开始咒骂，不久就又睡着了。

约朴夫 17 岁那年变得很忧郁，他听着风轻抚草地的声音，看着风送走飞鸟，在水面泛起阵阵金色的涟漪。有一天，他对巨人们说道："祝你们幸福。我要出去看看这个世界。"

巨人们很吃惊："去看看世界，它在哪儿？"

约朴夫拥抱了爸爸、妈妈、哥哥和姐姐们，带上那把低音提琴上路了。"记得快点回来啊。"他们说。他们的眼睛、头发、胡子都给泪水打湿了，以至于根本看不到约朴夫是从哪个方向走的。他们朝四面八方挥手，大声叫道："记得快点回来！记得快点回来！"

约朴夫走了三天，晚上就睡在森林里。第四天他发现了一条路，就顺着这条路往前走。就这样在傍晚的时候，他找到了一个人类居住的村庄。他很惊讶有这么小巧的房子和这么精巧的布置。他想："这儿肯定住着小矮人。"

有一扇窗户是开着的，他听到有人在拉低音提琴，声音从屋里传出来。拉得真好啊，就像是提琴自己在拉一样。约朴夫把头伸进窗户里，叫道："拍二十下手，拉得太美妙了。"

"拍二十下手？"一个坐在低音提琴后面的年轻女孩问。

约朴夫只能看到她的脸，但这样已经足够了。他立马惊呆了，他从来没看到过这么漂亮的人！当女孩说"请进来吧"，他就重复说"进来吧"，然后就从窗户里爬了进去。

他不知道房子是有门的，也不知道门是干啥用的。

就这样，约朴夫认识了那个女孩。那是一个和他、和你我差不多的人。她说话很快、很多，而且很聪明，会拉低音提琴；吃饭的时候她会用一些小道具；她可以数数数到一百万，甚至更多。

约朴夫和那个叫做罗莎丽的女孩在一起拉了几个星期的低音提琴。当一曲停下来而另一曲还没有开始的时候，他们就开始接吻。听起来就像是两个人在吐李子核。

约朴夫现在改名叫做雅各布，他和女孩住在了一起。他现在可以数更多的数，也知道了门是用来干什么的，他和其他人一样说着"笨蛋"。只有在他特别高兴、特别悲伤、特别生气、特别疲惫的时候，他才会说以前说过的那些话。

三年后他和罗莎丽结婚了，他们生了四个孩子，其中三个是正常的人类孩子。但是第四个孩子，很快就被人发现，是一个巨人。这个孩子吃得特别多，每天都在长高。除此之外他还比较笨，每次雅各布和罗莎丽拉琴的时候他都会张大嘴巴。房子对于他来说实在太小了，于是他住到了粮仓里。你可以听到他在草地上沉重的脚步声，当他抓住树干的时候，还没有成熟的苹果就大堆大堆地落下来。

小巨人在牛栏前被绊倒了，牛全都跑到了外边。"这样下去肯定不行。"雅各布对罗莎丽说。

　　"来吧，我告诉你怎么去巨人那儿。"雅各布对小巨人说。"去巨人那儿。"小巨人重复道。他笑了，这是他第一次笑，而且笑得很大声，吓得树林里的鸟儿拍着翅膀到处乱飞。

一千个恶作剧

　　那一年，路奇转到了我们班。那应该是夏天，因为我记得他长满毛的手臂。他的皮肤很黑，我们一开始还以为他是外籍劳工的儿子。但是他既不是来自南方，也不是真的来自外面，他是从下面上来的，他来自地狱。他身上总是散发出一股焦味。人们要看两眼甚至三眼才能看出路奇是个小魔鬼，因为路奇年纪还小，他头上的角不容易看出来。

　　"这是路奇，我们的新同学。"老师向大家介绍。路奇做了一个有趣的鬼脸，就径直走到牧师的女儿克拉拉旁边，因为她旁边还有一个空位。但是老师拉住了他的肩膀，让

165

他坐到布鲁诺的旁边。布鲁诺身上总是散发出一股兔骚味。"路奇是从很远的地方来的,来自一个很暖和的国家。"老师说,"他会成为我们的朋友。"

"对。"路奇跟着说。然后老师就开始讲一些第一堂课都会讲的东西,最后总算扯到了算术上面。我们早就知道她要说什么,所以根本不用听她讲,只要时不时地看她几眼就够了。只有路奇一直盯着她看。

"怎么了,路奇?"老师问。

路奇说:"老师,你身上发出很好闻的味道。"

老师的脸红了:"你就不能专心点吗?"

"我很认真啊,"路奇说,"要不我怎么会注意到你身上的香味呢。我还会很多东西,譬如说,打嗝。我想打多少就可以打多少。"

他开始做给我们看,他说的是真话。

他一直不停地打嗝,直到布鲁诺说话了:"这个我也会。"但是布鲁诺打的嗝听起来不那么自然。

这时老师开口说了些什么,克拉拉突然就大喊起来:"我可以,只要我想的话,我可以撒尿撒两米多远。"这时老师又说了点什么,克拉拉就坚持说她说的是真的,她可以证明。

这时路奇大喊:"那么表演给我们看。"

　　我们开始觉得有点难为情,还好这时老师说了:"打开你们的课本。"她给了路奇一本新书,路奇打开课本又马上合上。"打开,路奇。"老师说。路奇照着做了。但只要老师的目光望向别处,他就会马上合上书。"你在干什么呢,你为什么老是合上书本?"老师问。路奇的脸色变得沉重了一些,他说:"这是我的一个计谋,这样我才能更好地听你讲课。"

　　我们中的很多人一听,就开始像疯了一般拼命地翻书。就这样第一堂课结束了,老师看起来很担心的样子。

　　直到课间休息的时候我们才发现,路奇走路有点跛,他的左脚没有穿鞋,因为他根本没有左脚,他有一个蹄。

　　"你是个魔鬼吗?"我问。

　　路奇点了点头。

　　"真的是一个魔鬼?"布鲁诺问。

　　"我不相信。"克拉拉说,"如果他真的是,那么他应该说拉丁语。"

　　"这是以前的事情了。"路奇说,"现在我们可以说很流利的德语。"

　　我们还是不相信他。

苏珊娜说："一个马蹄可能很多人都会有，这根本就不能证明什么。我的外公就有兔唇，我的一个阿姨也有一只人工眼睛。"

路奇说："我可以不用火柴就把香烟点燃，你的外公和阿姨也可以吗？"

"那你就表演给我们看。"克拉拉命令道。

"没有香烟根本不行。"路奇说，他让我们帮他弄根香烟。我突然想到，老师把香烟放在讲桌里。

课间休息时间过后，班上脸色最苍白的丹尼留在了走廊里，这是我们事先约好了的。当老师看到丹尼的座位是空着的时候，就问："丹尼怎么了？""他又有点不舒服。"我说。老师走出教室去探望丹尼。我马上去讲桌里拿了根香烟出来。我把香烟递给路奇，他把烟叼在嘴里，然后开始弹手指。他用又厚又脏的指甲弹出的声音，真的很像打火机的声音，但最多也就是这样而已。香烟没有被点燃。"烂烟！"路奇说。

老师带着脸色苍白的丹尼回来了。"如果你没有觉得好点的话，就回家吧。"她和丹尼说。路奇再次弹了弹手指，这次也只是发出打火机的声音而已。"在这儿我不能集中精神。"路奇说。

"发生了什么事情？"老师问。

路奇把香烟藏到他肥大的耳朵后面。苏珊娜说："路奇说他自己是魔鬼，我们不信，他想证明给我们看。"

"我们可以在动物课上讲解一下魔鬼，这样我们就有了一些根据了。"马科斯建议。

老师还没有完全明白发生了什么事情。她说："是谁叫路奇魔鬼的？赶快向他道歉。"我们都没有说话。老师就问路奇："是谁骂你，路奇？""没有人。"克拉拉说："我们没有叫他魔鬼，因为他根本就不是魔鬼。"

路奇突然开始哭了起来，听起来非常伤心。老师走过去，抚摸着他毛茸茸的脖颈。直到苏珊娜和克拉拉也过来安抚他，他才停止了哭泣。"好了，我相信你是个魔鬼。"苏珊娜说，她的眼里也含满了泪水。

"我也相信。"布鲁诺说。他得让开一点，好让女生们能够摸到路奇。这个时候，路奇看起来就像是一只宠物。"我真的是魔鬼。"路奇说。"是的，是的。"老师说，她有些激动了，"路奇是我们的客人，我们要好好帮他，让他适应这里的生活。"

下课铃响了，老师从讲桌里拿出一根香烟，这时发生

了一件意想不到的事情：路奇跛着走向前去，用左手弹了一下手指，因为他是左撇子，烟就这样被点着了。"谢谢！"老师说，她还没有意识到发生了什么事情。路奇吹了一下他的手指，就像西部牛仔吹冒烟的左轮手枪那样。我们都惊呆了，我们中的一些人，尤其是女生，显得很兴奋。还有一些人，大部分是男生，开始在课桌底下弹手指。"熟能生巧。"布鲁诺说。

路奇还可以做很多事情。譬如说，他可以用他那只马蹄像陀螺一样站在原地旋转，他可以转得很快，快得我们根本就看不见他的样子。他还可以用手去摸荨麻，而不会觉得疼痛。学校里没有荨麻，他就在回家的路上表演给我们看。他说，只要念咒语，荨麻就伤不了你。我们一个接一个试验，我们边念咒语边去抓荨麻，但是没有用，我们的手被刺得又痛又红。"也许你们念的咒语不正确。"路奇说，"试试'狗和地狱'这个咒语。"我们照着做了，结果这次还是很惨。甚至连那个以"巫婆心猫儿毛"开头，"蜥蜴痛老鼠病"结尾的咒语也没有用。

之后路奇教我们用手指打火。当然用我们受了伤的手指是不可能成功的。只有克拉拉有一次打出了一点点小火花，也许是因为她也是左撇子的缘故。

路奇住在村外一个谷仓里，周围都是废弃不用的东西。他自己用干草和木屑筑了一个窝，得用梯子才能爬上去。在谷仓的门上钉着两张猫皮，我们猜想，路奇一定是抓到什么就吃什么。

我们很喜欢和路奇一起玩耍。除了吃饭、睡觉必须回家之外，我、布鲁诺、克拉拉、苏珊娜总会和路奇在一起。但是路奇不和我们一起写家庭作业，他不用写。"家庭作业？"他有一次很好奇地问我们，边问边眨眼睛，好像眼睛进了沙子一样。他很乐意加入到我们的游戏当中，但是他常常会建议我们做些小小的修改。譬如说，玩跳房子的时候，他就不让我们在上面写上天堂，因为他不想去那里，所以我们就在那儿写上地狱。

路奇非常向往地狱，但是他却从来没有说起过地狱的具体情况。一天晚上，在他谷仓前，我们围坐在火堆旁边，他才告诉我们，他为什么到我们这儿来。原来他是来我们村子实习的。他得学会怎样让我们调皮捣蛋、做恶作剧，只要他收集了一千个恶作剧，他的实习生涯就告结束，他就可以回地狱了。每看到一件恶作剧，他都会用钉子在他的蹄上划一道印痕。这样他才不会忘记。

听完路奇的话，苏珊娜马上问："那么现在有多少道划痕了？"

"现在有两百五十。"路奇回答。

"那你现在还会留在我们这里。"我说。

我们现在很注意他什么时候会划上一道印痕。有一次我在上课的时候点着了一根鞋带，路奇就从他的口袋里拿出钉子准备划。大家都知道，单单一根鞋带根本不会呛到人，甚至连真正的焦味都不会有。"收起你的钉子。"我大声说，我要让所有的人都能听到。路奇果然收起了他的钉子。

在回家的路上，布鲁诺问："如果你真的收集到了一千个恶作剧，你会怎么做？我的意思是你会从哪个方向消失？"

"我们有自己的方向，而且只有一个。"路奇手指向下指着街道说。"就在这下面？"布鲁诺问。路奇回答："这儿、那儿、到处都可以。你绝对不会走错，不管你是在哪里，在美国也好，在拉布兰也好，在土耳其也好，你都会永远站在地狱的上面。"

"到处都是？"布鲁诺很害怕地重复着这句话。克拉拉说："你的头顶上也到处都是天堂。"路奇很怀疑地望向天空。

"是的，确实是。"他说，"我以前就没有想过这一点。"

同一天，布鲁诺开始在他家的花园里挖地洞。他想看看，是不是真的有地狱。"如果处处都通向地狱，"他说，"那么我就挖这块最软的地方试试看。"一个星期之后，洞已经挖得很深了，一个人已经没有办法把洞里的土弄出来了。我们站在洞口的土堆上，用绳子帮他把装满土的桶子拉上来。"你能感觉到什么吗？"我们时不时地问布鲁诺一句。有一次布鲁诺终于回答了："是的，我感觉到脚底有某种热流涌过，而且这里有一种特别的味道。"

我们也想体验一下，布鲁诺答应让我们下去试一试，但前提是不准告诉路奇。我们做了承诺，然后就一个接一个轮流下到洞里去。其他的人在此期间不能发出声音。下去的人蹲坐在地上，每个人都在洞里待了一会儿，听一听声音，闻一闻味道。在昏暗的光线中，可以看到壁上的泥土轻轻地松动，可以感觉到泥土的潮湿气息和自己的呼吸，给人的感觉就像地狱就在附近。

不知道路奇是怎么知道我们挖洞的消息的，可以肯定的是，我们之中绝对没有人告诉过他。当我们试验完毕，布鲁诺再次下到洞里的时候，路奇就突然出现在我们面前。

他说:"你们看起来就像是从地狱里出来的。"他双手叉腰,望着洞里。"方向是对了,"他说,"只是你们挖得还不够深。去到地狱的路很远而且很难走。"然后路奇就坐下来,左脚放在右脚的膝盖上,在他的蹄上刻了四道痕。现在我们总共有了四百三十一道痕。

"你完全凭自己的喜好在蹄上划痕,这不公平。做错事的终究是我们。"我说。

"破坏院子,四个一起破坏院子。"路奇说。

"最多只能算布鲁诺。"苏珊娜说,"我们三个只是来看看而已。"

这个时候从洞里传来布鲁诺的声音:"好了,现在可以把这桶土拉上去了。"

"等一下!"苏珊娜说。

"你们帮布鲁诺一起干,你们不单单只是过来看看。"他又和克拉拉吵了一会儿,最后答应和解:"布鲁诺的那道痕就算上,你们三个可以免费做一件蠢事,有效期到今晚半夜截止。"

这感觉太棒了,一次免费做蠢事的机会。苏珊娜马上就做了:她骂布鲁诺笨蛋,并且用脚把土踢到布鲁诺的头上和肩膀上。

克拉拉决定在吃晚饭的时候和她爸爸吵一架。我决定等待，等到半夜还差十分钟的时候，打开窗子朝外面长时间大喊大叫。可是当我刚回到家，我就被弟弟激怒了，他偷了我的彩笔。所以还等不到午夜，我就拿小刀在他的门上刻了"可恶的小偷"几个字。

偶尔人们会邀请路奇到自己家吃饭。每周三他都会来我家吃晚饭。"先脱掉鞋子。"当路奇站在门口的时候，妈妈就会这么说。路奇照着妈妈说的做了，然后就走向餐厅。可是妈妈总会把他抓回去："你这样子我是不会让你上餐桌的。"她把他塞到盛满温水的浴缸里。路奇蹲坐在浴缸里，双手紧紧抓住浴缸的两边，直到妈妈帮他洗干净、擦干净。每月一次，妈妈还会用修花园用的剪刀帮他剪指甲。路奇吃东西的时候会发出很大的响声，爸爸总是问他一些关于地狱的生活。每次他都会问，地狱的温度有多少度？然后他又会忘记他已经问过了。

秋天到了，以往的这个时候，我们总会去摘花园里的果实，摘果子的时候就会把裤子弄破。今年我们却显得很小心，路奇的蹄上已经有八百多条痕了。

天气越来越冷，路奇用猫皮给自己做了一条被子。像他这么小的魔鬼，一定还没有适应这么冷的天气，只有一条猫皮做的被子，在这个灌满了风的谷仓里居住，肯定是不行的。我求妈妈，让路奇在我的房间里搭个铺吧。妈妈拒绝了我的提议："你一开始养白鼠，后来养土拨鼠，现在你竟然想养魔鬼！"

"但这次和以前不同。"我说。

妈妈反驳："是啊，这次更糟糕，需要花更多的精力来照顾。"

到了十一月，我们还没有给路奇找到住的地方，老师就把路奇领回了家。她给他在家里安排了一个小房间，有床、有桌、有椅，还有书柜。在床头的墙壁上贴着一张老圣徒的画像，这个圣徒全身长满了毛，一辈子都住在沙漠里。

再后来，我们觉得路奇已经不再是以前的那个路奇了，他变了。"是从他被老师接回家的时候开始的。"克拉拉说。苏珊娜则认为："路奇老早就变了。有一次，他突然求我们和他一起做作业，你们还记得吗？那时克拉拉说了一句，要他去找老师，他还叹了一口气。"

"他真的叹了一口气？"克拉拉问道。

"是的，"苏珊娜说，"叹了一口气，或是喘了一口气。"

路奇现在很用功，甚至连早上的训话也很认真地听。他的书写也变得好看起来，只要本子上稍微弄脏了一点，他就会向老师道歉。他身上散发出了肥皂的香味。他回答问题之前都会举手，回答问题的时候发音也很清楚。他现在变得很乖。我们很吃惊，即使他变得很乖了，他头上的角还是不停地在长。

我们全班也变了，因为路奇的蹄上已经有九百五十二道划痕，我们得尽量不做蠢事。我们害怕会撞到人、打坏花瓶、绊倒后扯坏裤子，所以我们走路都小心翼翼的。真无聊啊！"既然我们不能做坏事，那么我们至少可以去做好事啊。"克拉拉提议。就这样，我们"玩起了新游戏"，我们上街帮助年老体弱的人，帮他们提袋子、带他们过马路。然而又不能帮得太过分，要不就会出现和布鲁诺一样的情况：苏珊娜从布鲁诺手上抢走了一个老太太的行李，为此他俩打了起来。路奇又在自己的蹄上刻了一道。

"这根本不行，你们只有我提问的时候才开口，这不是我要上的课，你们让我觉得很难受。"老师说。

第二天老师发烧了，她让路奇告诉我们，那天的课取消。

我们决定去看望她，并且告诉她到底发生了什么事。路奇对此很惭愧，因为他到目前为止，都没有给老师说过一千个恶作剧的事情。

看到我们老师很高兴。因为人太多，床边挤不下，她就让我们坐到客厅去。在客厅里丹尼打翻了一只花瓶，路奇从口袋里拿出钉子，在蹄上划了一道痕。我们马上以这个例子，向老师说了关于路奇的事情。她听了很感动，我们不知道她眼镜背后的水汽是因为发烧，还是太感动。她抱住路奇，路奇哭了。

路奇其实经常会哭，有时候是因为感受到了我们的关爱，有时候是因为想家。后来我们知道了，如果是想家的话，他会在哭到一半的时候，突然提议大家一起去干坏事，譬如说，用弹弓打鸟，或者去嘲笑那个匈牙利来的面包师，因为面包师说的德语很奇怪。但我们对这些坏事都没有兴趣，路奇自己也没有兴趣。

"地狱很漂亮吗？"苏珊娜有一次这么问道。

"不是的，相反，那儿很难看。"路奇说。

"那你为什么要回去呢？"

路奇也不知道为什么，他说："那儿才是我的家。"

现在有九百七十道划痕了，只差三十道路奇就要和大家说再见了。多一天少一天对我们来说都不重要了。一天早上，我们发现路奇很忧郁，为了安慰他，我们决定每人送他一个蠢事。我偷了布鲁诺的钢笔，布鲁诺偷了我的。克拉拉用带着哭腔的声音骂人。苏珊娜把她的书包从紧关着的窗子丢了出去，其他人也都学她一样丢书包。所有的窗户都被打破了，老师叫起来："快穿上你们的大衣，很冷啊！"不久，即使我们穿着大衣戴着围巾，我们还是被冻僵了。风把雪花吹落到讲台上，路奇冷得全身发抖、牙齿打战。他数了数蹄上的划痕：一共是九百九十九道。"告别的时刻到了。"老师说。她邀请所有的学生第二天，也就是星期天，去她家。在她家我们要好好做完这最后一个恶作剧。

但是这期间发生了意外。放学后，我、克拉拉、苏珊娜、布鲁诺一起去了路奇位于郊外的家，路奇想取回他的猫皮被子送给老师。当时刮大风，我们就在屋檐底下等。克拉拉对路奇说："我也要你留下点东西给我作纪念，我要学你的弹手指打火法。"她顺手用左手的手指一弹，这一次她竟然成功了。路奇的床不知道怎么的就着了火，所有这一切发生得太快，我们想要灭火的时候，连地板都烧起来了。

我们只好逃跑。逃跑的时候，梯子也着火了。最后我们逃了出来，只有路奇没有，他留在着火的谷仓中。

星期天，我们去了老师家。克拉拉手臂上还缠着绷带。老师准备了蛋糕、茶，还有音乐。那天老师抽了很多烟。当马科斯问她，魔鬼是否会被烧死的时候，她只摇了摇头。

洋葱、萝卜和西红柿，

不相信世界上有南瓜这种东西。

它们认为那是一种空想。

南瓜不说话，

默默地成长着。

版权合同登记号：图进字21–2006–95号

copyright©2004 Beltz&Gelberg
in der Verlagsgruppe Beltz·Weinheim Basel

图书在版编目（CIP）数据

当世界年纪还小的时候／（德）舒比格著；（德）贝尔纳图；廖云海译.
一成都：四川少年儿童出版社，
2006.5（2013.7 重印）
ISBN 978–7–5365–3943–3

Ⅰ.当 ... Ⅱ.①舒 ... ②贝 ... ③廖 ... Ⅲ.儿童文
学–故事–作品集–德国–现代 Ⅳ .I516.85

中国版本图书馆 CIP 数据核字（2006）第 103489 号

当世界年纪还小的时候 [德]于尔克·舒比格 著 [德]罗特劳特·苏珊娜·贝尔纳 图 廖云海 译
Dang Shijie Nianji Hai Xiao De Shihou

出 版 人	王建平
策 划	颜小鹏
责任编辑	欧阳锦
版权代理	北京华德星际文化传媒有限公司
设计制作	RINKONG 平面设计工作室
责任校对	韩 晴
责任印制	袁学团
	四川出版集团
出 版	四川少年儿童出版社
网 址	http://www.sccph.com.cn
网 店	http://shop.sccph.com.cn
地 址	成都市槐树街 2 号
电 话	028–86259232（发行部）
经 销	新华书店
印 刷	四川省印刷制版中心有限公司
版 次	2006 年 9 月第 1 版
印 次	2013 年 7 月第 20 次印刷
成品尺寸	215mm×140mm 1/32
印 张	5.75
书 号	ISBN 978–7–5365–3943–3
定 价	28.00 元